Das Glück liegt auf der Strasse

Herstellung und Verlag:
BoD - Books on Demand, Norderstedt
ISBN 978-3-7386-2986-6

Für meinen geliebten Papa Ewald, der viel zu früh von uns gegangen ist!

Horacio Jiminez war 20 Jahre alt und lebte als Single in einem kleinen 1-Zimmer-Appartment in San Salvador, der Hauptstadt von El Salvador. Er hatte buschiges, langes Haar, welches hinten von einem Haargummi gezähmt wurde.

Er arbeitete als Strassenkehrer und liebte seinen Job. Es war für ihn immer eine Genugtuung, nach getaner Arbeit als Ergebnis einen sauberen Gehsteig oder eine saubere Strasse zu sehen, auch wenn er wusste, dass dieser Zustand nicht lange anhalten würde und morgen der gleiche Gehsteig und die gleiche Strasse wieder mit jeder Menge Unrat verdreckt sein würde.

Das Problem für Horacio war allerdings, dass die Stadtverwaltung von San Salvador kürzlich entschieden hatte, fünfzehn Prozent der Jobs im öffentlichen Dienst zu streichen und seiner war leider auch darunter, was man ihm merkwürdigerweise nicht persönlich, sondern per Post mitgeteilt hatte. Sein Pech war dabei, dass die Mitarbeiter mit Familie und mit einer längeren Berufszeit einen gewissen Kündigungsschutz hatten. Und da er erst seit vier Jahren diesen Job ausübte, traf die Kündigung ihn als einen der Ersten.

Horacio sah keine wirkliche Perspektive mehr in El Salvador. Was ihn aus El Salvador ebenso wegzog, war die nach wie vor hohe Kriminalitätsrate in seinem Lande. Die Waffengesetze waren sehr locker, viele Privatpersonen besaßen Waffen und die Hemmschwelle, diese zu nutzen, war bei Vielen sehr niedrig.

Doch was war die Alternative?

Viele seiner ehemaligen Schulfreunde waren mittlerweile in die USA ausgewandert. Und auch, wenn manche, die den amerikanischen Traum „vom Tellerwäscher zum Millionär" geträumt hatten und ernüchtert zurückgekehrt waren, hatten doch auch viele ihr „kleines Glück" dort gefunden.

Hauptsächliches Ziel seiner ausgewanderten Freunde und Bekannten waren die großen Städte an der Ostküste der USA: New York, Washington und Philadelphia.

Er hatte gehört, dass man auch als Ungelernter in den USA derzeit gute Chancen hatte, einen Job zu finden, da die Wirtschaft dort gerade boomte.

Er überlegte deshalb nicht lange und beantragte ein Visum und eine Green Card für die USA. Er wusste, dass er seine Heimat, Freunde und Familie vermissen würde, aber er wusste auch, dass er ein offener und kontaktfreudiger Mensch war und sicherlich auch in den USA Freunde finden würde. Und er war noch jung und ungebunden. Wenn also, wenn nicht jetzt!

Den meisten Zuspruch zu dieser Idee bekam er von seiner Mutter, von der er eigentlich Gegenteiliges erwartet hatte: „Wenn Du denkst, dass das der richtige Weg ist, dann probier es. Zurückkommen kannst Du dann immer noch."

„Ja, Du hast recht, Mama! Meine Heimat ist wie das Netz im Zirkus. Ich weiß, dass ich hierhin immer wieder zurückkommen kann. Und das gibt mir die nötige Sicherheit, es zu wagen und alles dafür zu tun, dass mein Traum vom Glück wahr wird."

Keine drei Wochen später bekam er eine positive Antwort aus den USA. Er erhielt eine zunächst auf 3 Jahre befristete Arbeitserlaubnis.

Er dachte, dass die Jobchancen desto grösser waren, je größer die Stadt war. Deshalb suchte er sich mit New York die größte Stadt an der Ostküste aus.

Gleich setzte er sich hin und schrieb eine Bewerbung an die Stadtverwaltung von New York mit einem entsprechenden Lebenslauf. Das Problem war nur, dass er nur die spanische Sprache beherrschte, aber er einige Freunde, die auch des Englischen mächtig waren. So kontaktierte er Roberto, einen langjährigen Freund.

Er schickte ihm Bewerbung und Lebenslauf per Mail und keine 24 Stunden später hatte er die Übersetzung in seinem Mail-Eingangsordner. Ja, das war Roberto, er war immer zur Stelle, wenn Horacio Hilfe brauchte. Aber auch andersherum war es so. Horacios Verständnis von Freundschaft basierte auf Gegenseitigkeit.

So druckte Horacio die Bewerbung aus und unterschrieb sie. Am nächsten Morgen führte dann sein erster Weg zur Post, um alles auf den Weg zu bringen.

Keine zwei Wochen später kam die Antwort. Horacio riss den Umschlag auf, weil er so gespannt war. Leider war auch die Antwort auf Englisch. So kontaktierte er wieder Roberto, der Horacio den Brief am Abend übersetzt vorlas.

„Sehr geehrter Herr Jiminez,

es ist uns eine Freude, Ihnen mitteilen zu dürfen, dass wir ihre Bewerbung akzeptieren. Sie können zum nächsten Monat bei uns in der Stadtreinigung anfangen. Wir möchten Sie bitten, zu diesem Zwecke den beiliegenden Fragebogen auszufüllen und umgehend an uns zurückzusenden. Danach erhalten Sie dann genauere Informationen, wo sie sich an ihrem ersten Arbeitstag zu melden haben.

Mit herzlichen Grüßen,

Charles M. Walter, Personalleiter der Stadt New York"

Spontan lud er alle Freunde fürs nächste Wochenende zu einer großen Party ein. Er konnte es noch gar nicht begreifen: In einem Monat wird er alles zurücklassen: seine Familie, seine Freunde und sein vertrautes Umfeld.

Er fand ein schönes kleines Apartment in Queens, dem östlichsten Stadtteil von New

York. Die Wohnungspreise und auch alles andere war dort um einiges günstiger als in Manhattan, wo die Quadratmeterpreise für Mietwohnungen inzwischen schwindelerregende Höhen erreicht hatten. Das Gute an Queens war, dass es etwas gemächlicher zuging als in Manhattan. In Manhattan hetzten die Leute regelrecht durch die Strassen.

Aber auch in Queens war das Leben sehr viel hektischer als in seiner Heimat El Salvador. In seiner Heimat gab es für die Personen, die im Freien arbeiteten traditionell im Sommer eine dreistündige Siesta, wo sämtliches Leben zur Ruhe kam. So etwas war in New York undenkbar. Ja, selbst nachts kam diese Stadt nicht zur Ruhe.

Er stellte sich aber vor, dass in den kleineren Häuserblocks in Queens das Leben nicht ganz so anonym ablief und man sich in der Nachbarschaft grüßte.

Darüber hinaus hatte Queens eine tolle, sehr frequentierte Bahnverbindung nach Manhattan Central und es war kein Problem für ihn, innerhalb von 30 Minuten seine

Arbeitsstelle zu erreichen, welche in der Upper East Side von Manhattan lag. Sein Bereich wurde begrenzt von der Second Avenue im Osten und der Fifth Avenue im Westen bzw. der 70. Strasse im Süden und der 100. Strasse im Norden. Die Strassenkehrer arbeiteten sich schlangenlinienfömig durch die Blocks vor. Arbeitsbeginn war morgens um 6:30 Uhr und Arbeitsende gegen 16:00 Uhr. Er arbeitete 5 Tage die Woche, leider aber auch jedes dritte Wochenende am Samstag und am Sonntag. Das war aber auch das einzig Negative, was er in den ersten Wochen ausmachen konnte. Alles andere passte: seine Kollegen, die Stadt, die Menschen, die ihn zumeist freundlich behandelten.

Horacio bezog sein neues Heim Anfang September.

Hilfe beim Einrichten bekam er von einem alten Schulfreund, der nun ebenfalls in New York und dort in der Bronx wohnte.

Die Wohnung war klein und schien seit Jahren nicht mehr renoviert worden zu sein.

Horatio fehlte das Geld, ein paar größere Renovierungsmaßnahmen vorzunehmen.

Deshalb beschränkte er sich zunächst darauf, die Wohnung zu streichen.

Bei der Farbwahl entschied er sich für einen eher unauffälligen Gelbton.

Es dauerte ein komplettes Wochenende, die Wohnung zu streichen.

Dass es so lange dauerte, lag daran, dass die Wände viele Winkel und Kanten hatten, für die man jeweils einen kleinen Pinsel nehmen musste und nicht die Rolle, mit der er die flachen Wände strich.

Er hatte Glück, dass er die Einbauküche von seinen Vormietern übernehmen konnte. Der Lack der grünlichen Schränke hatte zwar auch schon gelitten, aber mit ein wenig Farbe versuchte er auch hier, die Küchenzeile ein wenig "aufzumotzen".

Ja, nach getaner Arbeit kam er zu dem Ergebnis: Was ein wenig Farbe doch für Wunder wirken kann!

Sein Arbeitsbeginn bei der Stadtreinigung fiel in den frühen Herbst oder in New York auch Indian Summer genannt. Im Gegensatz zu seiner Heimat El Salvador nahm man hier die Jahreszeiten richtig wahr. In seiner Heimat gab es keine so großen Unterschiede zwischen den einzelnen Jahreszeiten. Dagegen hatte er von Vielen gehört, dass es in New York ziemliche Wetterextreme geben konnte. Winter mit viel Schnee und Eis und brütend heiße Sommer waren keine Seltenheit.

Den Indian Summer fand Horacio umwerfend. Jedes Wochenende versuchte er, sich in die Natur zu begeben. Manchmal reichte es nur bis in den Central Park, aber er machte auch schöne Ausflüge in die bewaldeten Naherholungsgebiete nördlich von New York. Sein Favorit war Bear Mountain, mit vielen kleinen Seen inmitten eines großen Waldgebiets gelegen. Er liebte es, durch das hohe Laub zu spazieren, welches in den unterschiedlichsten Gelb-, Rot- und Braun-Tönen daherkam.

Da Horacio ein gläubiger Katholik war, besuchte er auch sonntags die Messe der örtlichen katholischen Gemeinde. Auch wenn er zunächst nicht viel von dem verstand, was der Priester sagte, so gefiel ihm von Anfang an die Stimmung bei diesen von Gospelgesängen begleiteten Messen. Die Leute in der Kirche kamen Horacio so froh und voller Zuversicht vor.

Was seine Arbeit und den Arbeitsbereich anbelangte, so war Horacio überrascht, wie sauber sein Bezirk war. In seiner Heimat El

Salvador lag auf den Gehwegen und Strassen deutlich mehr Müll rum als hier.

Als Arbeitsgerät nutzte er einen Laubbläser. Auch das war ein Unterschied zu El Salvador, wo es keine elektrischen oder benzinbetriebenen Hilfsmittel gab. Das Komische in New York war nur, dass der Laubbläser seinem Namen zumindest in seinem Arbeitsbereich nicht gerecht wurde, denn außer im Central Park gab es in Manhattan nur wenig Bäume und dementsprechend auch wenig Laub. Trotzdem war der Laubbläser eine große Hilfe, weil die Arbeit dadurch deutlich schneller und bequemer vonstattenging.

Englisch lernte er zweimal wöchentlich auf der Abendschule. Auch wenn seine Arbeitskolonne multikulturell besetzt war, neben ihm gab es da noch Roberto, einen Mexikaner, Ricardo, ein Brasilianer und Rick, der aus Nigeria stammte, so war die gemeinsame Sprache natürlich englisch.

Das Schwierige war, fand Horacio am Anfang, dass seine Arbeitskollegen ganz unterschiedliche Dialekte hatten, wodurch es ihm schwerfiel, die Sprache wirklich zu verstehen. Aber das war auch wirklich nur in den ersten Wochen ein Problem. Horacio lernte sehr schnell und mit ein bisschen Vorstellungskraft war es machbar, auch die anderen nach einigen Wochen immer besser zu verstehen.

Ein anderer Grund, möglichst schnell englisch zu lernen, war natürlich, dass er damit auch viel eher Kontakt zum anderen Geschlecht herstellen konnte. Er war gespannt, wie die Frauen hier so waren und wie er bei ihnen ankommen würde.

Insbesondere mit Rick, dem Nigerianer aus seiner Kolonne, freundete sich Horacio mehr und mehr an. Rick wohnte ebenfalls in Queens, nur wenige Blocks von Horacios Wohnung entfernt. Am Wochenende gingen die Beiden meist zusammen aus. Sie beschränkten sich dabei auf die Bars in

Queens, weil die Bars in Manhattan geradezu unverschämt teuer waren. Sie waren auch der Meinung, dass das Publikum in Manhattan sowieso nicht zu Ihnen passte. In Queens waren die Menschen bodenständiger und einfacher und Horacio fühlte sich dazwischen wohl.

Nach und nach wurde das „The good shepherd" zu Ihrer Lieblingsbar. Es war nur zwei Blocks von Horacios Zuhause entfernt. Das Publikum der Bar war bunt gemischt.

Auch mochten Sie die Kellnerin, Anna. Sie war Mitte zwanzig und kam aus Mexiko. Sie hatte ein loses Mundwerk und immer einen lustigen Spruch auf Lager. Anna nannte Rick und Horacio nur „die Saubermänner", entsprechend ihrem Job. Horacio und Rick blieben samstags immer ziemlich lange im Shepherd, sodass es öfters passierte, dass Anna die Beiden höflich vor die Tür schickte, damit Sie schließen konnte.

Eines Samstags, es war bereits Mitte November, waren sie wieder die letzten

Gäste im Shepherd, meinte Anna zu vorgerückter Stunde zu Ihnen: „Na, Ihr Saubermänner, ich glaube, Ihr habt genug getrunken für heute oder?".

Horacio quengelte: „Nur noch ein Bier, dann gehen wir ohne weitere Aufforderung."

Anna bliebt hart: „Nein, ich möchte nur noch Feierabend und zwar auf der Stelle."

Enttäuscht stelle Rick fest: „Dann haben wir wohl keine Wahl."

„Nein", pflichtete Anna ihm bei.

Beide erhoben sich langsam von Ihren Stühlen.

„OK, dann bis nächste Woche, Anna!" verabschiedete sich Horacio und Rick tat es ihm nach.

Doch nachdem die Beiden zur Türe raus waren, vernahm Anna einen Schrei. Sie eilte schnell zur Türe um nachzuschauen, was passiert war.

Zu ihrer Überraschung war alles mit einer dünnen Schneeschicht bedeckt, ziemlich früh im Winter.

Und direkt vor der Tür saß Horacio auf seinem Hosenboden. Er gestand: „Ehrlich gesagt, ich habe noch nie Schnee gesehen. Sieht so aus, als müsste ich mir doch eine andere Bereifung zulegen", witzelte er trotz Schmerzen und zeigte dabei auf seine profillosen Lederschuhe.

Alle mussten herzlich lachen.

Am darauffolgenden Montag war noch einiges mehr an Schnee dazugekommen. Horacio fror am ganzen Körper und hatte die Hoffnung, dass er sich schon warmarbeiten würde.

Ihr Chef, der normalerweise erst gegen 08:00 Uhr erschien, war diesmal auch schon so früh auf den Beinen. Horacio hatte dunkle Vorahnungen.

„Männer", begann er. „Wie Ihr ja alle seht, hat der Winter Einzug gehalten. Was heißt das für uns? Ich erwarte, dass Ihr die Gehwege pico bello freiräumt. Letztes Jahr gab es einige gerichtliche Klagen, weil Passanten sich hingelegt haben auf der weißen Pracht. Ich möchte den Leuten diesmal keinen Grund dazu geben. Verstanden?"

Er blickte in die Runde und alle nickten mit dem Kopf.

„Dann mal los an die Arbeit!", gab er das Startkommando für den Kampf gegen den Schnee.

Dann wartete auf Horacio eine weitere Premiere, denn Laubbläser waren bei dem plattgetrappelten Schnee auf den Gehsteigen definitiv das falsche Gerät.

Rick sagte zu Horacio: „Komm, pack mal an, heute kommt die Schneefräse zum Einsatz." Horacio kam das Ding vor wie ein aufgemotzter Rasenmäher.

„Man, ist das Ding schwer!", beschwerte sich Horacio.

„Nun stell Dich mal nicht so an.", meinte Rick.

Ihre Kolonne war mit zwei Fräsen ausgestattet. Am Zielort angekommen, wurden die beiden Fräsen erstmal betankt.

Und dann ging es los.

„Ich zeige es Dir erstmal, wie das geht, ist ganz easy", meinte Rick.

Rick ermahnte Horacio, seine Ohrschützer gegen den Lärm aufzusetzen. Das hatte Horacio bei dem Laubbläser, der auch recht laut war, immer vermieden, aber er sah ein, dass das bei dem Höllenlärm, den das Ding machte, durchaus ratsam war.

Rick steuerte die Schneefräse in der Mitte des Gehsteigs. Der Schnee wurde dabei in hohem Bogen in Richtung Häuserwänden geblasen und zum Vorschein kam wieder der graue Asphalt.

Nachdem er Rick eine ganze Weile zugeschaut hat und er fand, dass das doch recht einfach aussah, wollte Horacio übernehmen. Und wahrhaftig, Horacio beherrschte die Fräse von Anfang an ohne Probleme. Und dabei machte das Ganze auch noch Spaß. Rick sah, dass es Horacio Freude machte, die Fräse zu steuern und so begnügte er sich mit dem eher langweiligen Teil des Salzstreuens hinter Horacio her.

Am Abend führte Horacios erster Weg in die grosse Shopping-Mall in Queens. Der Weg am Morgen war eine einzige Rutschpartie gewesen. Er sucht sich ein paar hohe Treckingschuhe aus, mit denen er auch trotz rutschigen Untergrunds einen festen Stand hatte. Leider war auch der Preis entsprechend, aber er sagte sich, so oft würde er keine neuen Winterschuhe kaufen, da dürfen sie auch schon mal etwas teurer sein. Und wo er gerade schon mal in der Mall war, suchte er sich auch direkt eine Winterjacke. In seiner Heimat kannte er keinen Winter und entsprechend waren auch seine Jacken nicht sehr warm. Er kaufte eine dicke, wetterfeste lange Jacke, die zu seiner

Überraschung schon runtergesetzt war im Preis. Zumindest also ‚ein' Schnäppchen.

Auch die nächsten Tage hielt der Wintereinbruch an. Und zu Horacios Erstaunen gewöhnte er sich langsam an die niedrigen Temperaturen. Leider konnte er es dennoch trotz aller Vorsicht nicht verhindern, dass er einige Male böse ausrutschte und hinfiel. Sein Steiß schimmerte bereits blau von seinem Sturz am Wochenende und dementsprechend tat jeder weitere Sturz noch mehr weh.

Anna, die Kellnerin des „Good Shepherd", hatte auch am darauffolgenden Samstag Dienst. Sie freute sich mittlerweile jeden Samstag, wenn Rick und Horacio vorbeikamen. Es war bereits 21:30 Uhr; um diese Zeit waren Sie sonst längst da. Sie befürchtete schon, dass die Beiden wegen des Schnees nicht vor die Tür wollten und wohlmöglich nicht kamen. Das wäre schade!

Dann aber, eine Viertelstunde später, standen die beiden im Eingang und schüttelten sich den Schnee von den Kleidern.

„Na, das sich ja meine Saubermänner!", freute sich Anna.

„Hast Du was anderes erwartet?", gab Horacio zurück.

„Na, Ihr seid heute etwas spät dran.", stichelte Anna.

„Mea culpa!", nahm Rick die Schuld auf sich. „Es war so schön in der warmen Badewanne, da habe ich glatt die Zeit vergessen."

„Und, was kann ich Euch bringen?", fragte Anna. „Wie immer, zuerst 2 große Bier?"

Horacio antwortete: „Für mich erstmal einen heißen Grog mit einem guten Schuss Rum zum Aufwärmen."

Rick war verwundert, aber wenn er so überlegte, war ihm angesichts des Wetters auch nicht nach Bier zumute. „Für mich bitte auch, Anna!"

Anna meinte es gut mit Ihnen und gab einen großen Schuss Rum in den Grog, was Beide auch mit Dank zur Kenntnis nahmen.

Horacio meinte, er könnte richtig merken wie die Wärme und auch der Alkohol seine kalten Glieder erreichten.

Am nächsten Morgen wachte Horacio auf mit starken Kopf-, Hals- und Gliederschmerzen. Seine Stirn glühte regelrecht. Es schien so, als habe er sich eine schwere Grippe zugezogen. In seiner Heimat war er nie krank, aber da hatte er auch nie gefroren wegen Kälte. Nun wusste er also, wie sich eine schwere Erkältung anfühlte und er beschloss, dass sie nicht zu seinen Favoriten werden würde.

Er schrieb Rick und Anna, mit denen er die Mailadressen ausgetauscht hatte, dass er die nächsten Tage wohl das Bett hüten müsste.

Als Anna die Mail las, bot sie an, Horacio etwas Obst und Tee vorbeizubringen, denn sowas fehlte meist in einem Junggesellenhaushalt, bei dem der Kühlschrank nur übersichtlich gefüllt war.

Horacio freute sich sehr darüber, war aber besorgt, dass Anna seine unaufgeräumte Bude schockieren könnte. Und so startete er trotz Unwohlsein die allernötigsten Aufräumarbeiten.

Am späten Nachmittag stand Anna dann vor seiner Tür, bepackt mit einer großen Papiertüte mit Orangensaft und Obst: Orangen, Bananen, Trauben; viele, viele Vitamine.

Horacio entschuldigte direkt, dass er ihr nicht viel zu trinken und zu knabbern anbieten konnte, er hatte es am Samstag nicht zum Einkaufen geschafft.

Anna winkte ab: „Alles halb so wild, ich will ja auch nicht lange bleiben. Und eigentlich wollte ich auch nur hören, wie es Dir geht."

Horacio antwortete: „Das ist die erste Erkältung in meinem Leben, deshalb kann ich sie schlecht vergleichen."

Anna schmunzelte.

Horacio fuhr fort: „Aber es tut alles weh, selbst die kleinste Bewegung."

Anna meinte darauf: „Ruh Dich ein paar Tage und Du wirst sehen, es wird dann wieder von Tag zu Tag besser."

Horacio lächelte: „Ich vertraue voll und ganz auf Deine Worte!".

Anna begab sich daran, aus den Früchten, die sie mitgebracht hat, einen leckeren Fruchtsalat zuzubereiten.

Dazu gab es ein großes Glas Orangensaft. Zusätzlich hatte Anna auch noch Kamillentee mitgebracht, da sie es sich schon denken konnte, dass selbst solche alltäglichen Dinge für Erkältungen in Horacios Haushalt nicht vorhanden waren, womit sie auch Recht hatte.

Im Laufe des Abends, als Anna bereits gegangen war, rief auch noch Rick an, um sich über Horacio's Gesundheitszustand zu erkundigen.

Horacio meinte: „Ich fürchte, Ihr müsst auf Arbeit ein paar Tage ohne mich auskommen."

Rick meinte: „Mach Dir mal darüber keine Sorgen. Sieh erstmal zu, dass Du wieder auf die Beine kommst, altes Haus!"

Dann gab Rick Horacio noch ein paar Tipps für den Arztbesuch, denn er wusste, dass Horacio noch nie beim Arzt war, seit er nach New York gezogen war.

Rick gab ihm die Adresse seines Hausarztes, mit dem er voll und ganz zufrieden war.

Er gab ihm den Rat, möglichst früh, möglichst sogar vor Öffnung der Praxis, dort zu sein, da er sonst wohlmöglich Stunden zu warten hatte. Sein Arzt hatte nämlich die Angewohnheit, sich ausgiebig Zeit zu lassen mit seinen Patienten und keine festen Termine zu machen.

Dementsprechend lange musste Horacio warten, obwohl er schon vor Öffnung der Praxis vor der Türe stand. Der Arzt machte einen sehr professionellen Eindruck und untersuchte ihn wirklich gründlich. Zum Abschluss meinte er: „Ich denke, in ein paar Tagen sind Sie wieder der Alte, aber den Rest der Woche sollten sie zuhause bleiben und sich auskurieren." Horacio bedankte sich und schlief in den nächsten 3 Tagen so viel wie sonst in einer ganzen Woche.

Horacio hatte schon nach den ersten paar Tagen Schnee entschieden, dass der Winter nichts für ihn war. Deshalb beschloss er nun kurzerhand, über Weihnachten nach Hause zu fliegen, wo es definitiv keinen Schnee gab. Die Vorfreude war so groß, dass er schon die Tage zählte, bis er seine Familie und Freunde wiedersehen konnte.

Leider genehmigte sein Chef ihm nur 1,5 Wochen Urlaub während Weihnachten und dem Jahreswechsel, aber Horacio sah das positiv, denn bei der Stadt New York hatten viele neue Mitarbeiter im ersten halben Jahr, welches als Probezeit galt, noch gar keinen Urlaub. Deshalb gab Horacio sich damit zufrieden. Außerdem gab es auch in vielen Räumkolonnen eine Urlaubssperre über Silvester, denn New York sollte ja an Neujahr auch wieder aufgeräumt aussehen und die Hinterlassenschaften der Silvesternacht sollten möglichst noch in der Nacht zum größten Teil wieder beseitigt sein.

Die Tage bis zu seinem Urlaub zogen sich hin wie Kaugummi. Das trübe und kalte Wetter tat noch sein übriges, um auf seine Laune zu drücken.

Was allerdings sehr schön war, waren die vielen beleuchteten Weihnachtsbäume in den Geschäften und die ebenfalls beleuchteten Fußgängerzonen.

Anna rief eines Abends an und fragte, ob er schon am Rockefeller Center in Manhattan gewesen sei im Dezember.

Horacio verneinte und wusste auch gar nicht, was so Besonderes daran sein sollte.

„Dann lasse Dich mal überraschen!", sagte Anna.

Am nächsten Abend trafen sie sich also vor dem großen Rockefeller-Komplex. Und wahrlich, es war wirklich etwas Besonderes: Eine riesige Eisfläche zum Eislaufen und in der Mitte ein überdimensionaler Weihnachtsbaum.

„Du willst aber nicht, dass ich jetzt mit Dir eislaufe oder?", fragte Horacio.

„Na klar will ich das!", gab Anna zurück.

„Ich habe aber noch nie auf Schlittschuhen gestanden!", gab er als Entschuldigung an und er musste gleichsam an seinen Sturz vor der Bar vor einigen Wochen denken, der recht schmerzlich war.

„Einmal ist immer das erste Mal.", sprach ihm Anna Mut zu.

Nachdem Horacio die Schuhe übergestreift hatte, stolperte er vorsichtig zum Rand der Bahn.

Anna nahm Horacio an die Hand und führte ihn so mit sicherer Hand aufs Eis. Horacios Bewegungen sahen anfangs etwas unbeholfen aus, aber er lernte schnell, wie er die Schlittschuhe zu setzen hatte, um einigermaßen sicher vorwärts zu gleiten.

Bald brauchte er Annas Führung nicht mehr und er fuhr selbstständig, zwar langsam, aber sicheren Schrittes.

Nur das Bremsen bereitete ihm Probleme. Das Einzige, was ihm dazu einfiel, war gegen die Bande zu fahren und so zum Stehen zu können. Er musste zugeben, dass das nicht sonderlich elegant aussah, aber er war jedenfalls nicht der Einzige, der diesen „Trick" anwandte.

Nach einer halben Stunde Im-Kreis-Fahren hatte er erstmal genug vom Schlittschuhlaufen und war anschließend froh, wieder festen Boden unter den Füßen zu haben.

Aber es hatte Horacio riesig Spaß gemacht und er nahm die Erkenntnis mit, dass der Winter in New York auch seine schönen Seiten hatte.

Dann kam endlich das heiß ersehnte Reisedatum. Horacio hatte die letzten Abende damit verbracht, in den überfüllten Einkaufszentren Weihnachtsgeschenke für seine Freunde und Familie zu besorgen. Er hatte diesen Druck in seiner Heimat nie so gespürt; da ging es vor Weihnachten viel ruhiger zu wie in New York; in New York schien es wirklich ein Wettlauf zu sein, möglichst viele Geschenke zu kaufen.

Ihm war es jedenfalls auch ein Bedürfnis, für Anna und Rick jeweils ein Geschenk zu kaufen. Das war fast das Schwierigste, zumindest das Geschenk für Anna. Ja, er mochte Anna sehr, aber er wollte dem Ganzen dennoch ein wenig mehr Zeit geben und Anna näher kennenlernen, bevor er den nächsten Schritt tat. Deshalb sollte das Geschenk für sie nicht zu persönlich sein.

Schlussendlich kaufte er Anna etwas absolut Unverfängliches, aber dennoch etwas sehr Schönes, nämlich eine kleine Holzkrippe mit handgeschnitzten Figuren. Er erstand sie, von einem Straßenhändler zu einem wie er fand sehr günstigen Preis, wenn man bedachte, dass das alles reine Handarbeit war, nämlich für 70 Dollar.

Am Abreisetag nahm er ein Taxi zum Flughafen JFK. Wie er in der Abflughalle bemerkte, schien er nicht der einzige zu sein, der über die Feiertage verreisen wollte. Trotz, dass ihn der Taxifahrer am richtigen Terminal raus ließ, musste er noch eine ganze Weile gehen, bis er endlich das Gate zu seinem Flug erreichte.

Die Kontrollen waren sehr gründlich, er musste die Schuhe ausziehen und ebenfalls seinen Koffer öffnen, den er nur mit Müh und

Not zubekommen hatte. Er fragte daraufhin einen anderen Reisenden, ob er ihm helfen konnte, den Koffer wieder zu schließen.

Der Flug war dann sehr angenehm. Horacio war in seinem Leben noch nicht wirklich viel geflogen, deshalb war es für ihn auch noch etwas Besonderes. Glücklicherweise hatte er einen Fensterplatz. Besonders toll war das bei der Landung, denn aus dieser Perspektive war San Salvador ihm noch unbekannt. Auch das Viertel, in dem er vor seinem Umzug gelebt hatte, konnte er wunderbar aus der Vogelperspektive sehen. Das Tolle, fand er, dass alles von oben so „aufgeräumt" und ordentlich aussah. Diesen Eindruck hatte man in dem Viertel sonst eher nicht.

Nachdem er seinen Koffer vom Band abgeholt hatte, schritt Horacio Richtung Ausgang. Schon von weitem sah er seinen hochaufgeschossenen Bruder Marco, ein absoluter Bob Marley-Fan mit Rastalocken und einer Mütze in den Farben Jamaikas.

Beide fielen sich in die Arme, als hätten sie sich jahrelang nicht gesehen.

„Du bist schlank geworden", merkte Marco an. „Schmeckt das Essen nicht in New York?"

„Doch, das Essen schmeckt genauso gut. Insgesamt ist es aber viel hektischer, vielleicht ist das der Tribut an mein Gewicht, was aber so okay ist." antwortete Horacio.

„Wie versprochen kannst Du bei mir schlafen, ich habe da noch einen ungenutzten Raum mit einer Schlafcouch. Aber wir haben nicht viel Zeit, das Gepäck bei mir abzustellen. Mama hat natürlich einen Kuchen gebacken."

Horacio lief das Wasser im Munde zusammen bei der Erinnerung an die Kuchen seiner Mutter. An Ihr ist eine Konditorin verloren gegangen, dachte Horacio manchmal.

Der Empfang bei seinen Eltern war ebenso innig wie das Wiedersehen mit Marco. Sie erwähnten natürlich sofort, wie sehr er Ihnen fehlte. Solche Worte mochte Horacio eigentlich gar nicht, da dabei sofort sein Gewissen Alarm schlug und ihm vorhielt, dass er seine Eltern in seiner Heimat im Stich lassen würde.

Deshalb versuchte Horacio so schnell wie möglich, ein anderes Thema anzuschneiden. Und weil ihm nichts Besseres einfiel, fragte er nach dem Kuchen, den seiner Mutter vorbereitet hatte und dessen Duft in der ganzen Wohnung lag.

Bei der Kaffeetafel wollten natürlich alle wissen, wie es Horacio in New York ergangen war. Seine Eltern waren, obwohl sie es nicht zugaben, sehr stolz auf Horacio, dass er diesen Schritt gegangen war, zumal in der Familie bisher noch kein Mitglied solch einen Schritt gegangen war.

Dann ließ Marco die „Bombe" raus. „Ich werde auch El Salvador verlassen!"

Stille. Allen stand der Mund auf; auf das waren sie nicht vorbereitet. Als erstes fand Ignacio, Horacios und Marcos Vater, die Sprache wieder.

„Und wo willst Du hin?" fragte er in die Stille hinein.

„Nach Chile; ich denke, da habe ich auch bessere Chancen in meinem Beruf.", entgegnete Marco.

„Und das Gute an Chile ist, ich muss keine neue Sprache lernen.", fügte Marco an.

Marco war von Beruf Schreiner und arbeitete bei einer kleinen privaten Schreinerei in San Salvador, bei der die Geschäfte nicht so gut liefen, woraufhin Marco sein Gehalt nicht immer pünktlich am Monatsultimo bekam, sondern schon mal 2-3 Wochen später.

„Und hast Du schon gekündigt?", wollte Horacio wissen.

„Ja, mein Chef weiß es seit letzter Woche. Der ist auch aus allen Wolken gefallen. Ich habe ihm gesagt, dass er selbst schuld ist. Wenn seine Lohnzahlungen nicht so unregelmäßig kommen würden, hätte ich mich niemals nach etwas anderem umgeschaut.", begründete Marco seinen Entschluss.

Horacio war in dem Moment sehr stolz auf seinen Bruder. Marco war eigentlich jemand, der Veränderungen oder Neuem sehr zurückhaltend und abwartend gegenüberstand. Umso höher war jetzt sein Entschluss zu werten, es irgendwo anders zu versuchen, sein Glück zu finden.

Horacios Mutter beschloss, sich nicht irgendwelchen Zukunftsängsten hinzugeben, dass Ihnen im Alter niemand beistehen kann von ihren Söhnen. Vielmehr holte sie eine extra kalt gestellte Flasche Sekt aus dem Kühlschrank.

Sie gab sie Horacio zum Öffnen, während sie noch vier Sektgläser aus der Vitrine dazu holte. „Lasst uns jetzt erstmal feiern, dass wir zusammensitzen und das diesjährige

Weihnachtsfest zusammen feiern. Mich erfüllt das mit großer Freude." Sprach es und umarmte nacheinander ihre beiden Söhne, die sich ein paar kleine Tränen verkneifen mussten.

Horacios Vater ließ es sich auch nicht nehmen, nachdem die Gläser gefüllt waren, noch ein Toast auf die Familie auszusprechen, welche nach einem salvadorianischen Sprichwort das größte Glück ist, was man auf Erden hat.

Sodann stießen alle mit den Sektgläsern an.

Die letzten Tage bis Weihnachten vergingen wie im Fluge. Horacio traf viele alte Freunde, die er teilweise auch über Jahre nicht gesehen hatte. Es war interessant, wie sich deren Leben teilweise stark geändert hatten, indem sie z.B. eine Familie gegründet hatten. Horacio wollte auch irgendwann mal eine Familie gründen, aber er was auch geduldig, auf die richtige Frau zu warten, mit der er sich seinen Traum erfüllen würde.

Auch seinen ehemaligen Arbeitskollegen stattete er einen Besuch ab. Er war ihnen nach wie vor sehr verbunden und wäre auch niemals weggegangen, wenn die Situation um seinen Arbeitsplatz eine andere gewesen wäre. Vor Weihnachten hatten sie seinerzeit auf der Weihnachtsfeier immer „gewichtelt"

Das war immer sehr schön, konnte aber auch schon mal enttäuschend sein, je nachdem, ob man sein Geschenk mochte oder nicht. Diesmal hatte er für jeden seiner ehemaligen Kollegen eine kleine Flasche amerikanischen Scotch mitgebracht. Er hatte Glück am Zoll gehabt, dass ihn keiner angehalten hatte, denn er hatte damit die erlaubte Menge Alkohol deutlich überschritten. Als Dank sangen seine Arbeitskollegen ein Wiedersehensständchen für Horacio.

Dann war endlich der Heilige Abend gekommen. Horacios Eltern hatten, wie es

Brauch war in El Salvador, den Weihnachtsbaum schon am 1. Dezember aufgestellt.

Die ganze Familie fand sich abends dort ein, um gemeinsam zur Kirche zu gehen.

Anschließend wurde das Weihnachtsessen vorbereitet, welches ebenfalls traditionsgemäß erst um Mitternacht serviert wurde. Und erst, wenn dieses vorüber war, gab es Geschenke.

Das Essen hatte natürlich Horacios Mutter zubereitet. Es gab Nacatamales, ein Gericht, welches ursprünglich aus Honduras kommt. Es sind Maisteigtaschen, die mit Reis, Tomaten, Rosinen, Salsa Sauce, Hühner- oder Schweinefleisch gefüllt und dann in Bananenblätter gewickelt werden. Horacio freute sich schon als Kind jedes Mal auf dieses Gericht, fast noch mehr als auf die Geschenke.

So hektisch auch die Vorweihnachtszeit für Horacio war, so entspannt fühlte er sich jetzt in den Weihnachtstagen. Alle Hektik um ihn rum kam zum Erliegen. Er hatte Weihnachten noch nie so intensiv wahrgenommen wie in diesem Jahr. Es war diesmal etwas Besonderes, nach Hause zu kommen und mit der Familie zu feiern. Horacio dachte darüber nach, dass es wirklich wahr war, wenn man sagte, dass man den wirklichen Wert von etwas erst ermessen konnte, wenn man es verlor. So war es auch mir der Familie.

Leider vergingen diese schönen Tage für Horacio viel zu schnell. Schon war wieder die Zeit gekommen, an den Abschied zu denken. Denn er wollte es sich nicht entgehen lassen, Silvester mit Tausenden anderen in New York am Times Square zu erleben, wovon er schon begeisterte Berichte gehört hatte. Die Vorfreude darauf wog ein wenig die Wehmut auf, die ihn befiehl, wo es ans Abschiednehmen ging.

Da es Horacio hasste, Abschied zu nehmen, wollte er nicht, dass seine Familie mit zum

Flughafen kam. Marco sollte ihn bringen, aber dann auch nur absetzen. Er hoffte, damit würde ihm der Abschied leichter fallen. Und wenn ihn dann doch die Wehmut packte, so hatte er ein paar gemeinsame Fotos in seiner Brieftasche, die ihm das vertraute Gefühl der Familie zurückbrachten.

Als er im hektischen New York wieder ankam, vergaß er schnell seine wehmütigen Gedanken. Die Geschäfte schienen noch voller zu sein als in der Vorweihnachtszeit. Und dementsprechend voll war auch die Metro und Horacio hatte Probleme, mit seinem schweren und sperrigen Gepäck sich noch dort reinzuquetschen.

Zuhause angekommen, blieb er erstmal vor seinem Briefkasten stehen: Der quoll nämlich über mit der vielen Werbung, die auf viele Nachweihnachtsschnäppchen hinwies. Horacio nahm den Packen Werbung und beförderte ihn ungesehen zum Papiermüll. Er beschloss, einen Sticker an den

Briefkasten anzubringen mit dem Wunsch, keine Werbung mehr einzuwerfen. Es wurde ihm erst jetzt so richtig bewusst, wie konsumorientiert das Leben in New York war. Da war schade, denn die wirklich wichtigen Dinge waren mit Geld nicht zu kaufen, dachte er.

In seiner Wohnung angekommen, ließ er sich völlig entkräftet erstmal in seinen Fernsehsessel fallen. So anstrengend konnte Urlaub sein, dachte er bei sich und musste selbst ein wenig schmunzeln.

Am nächsten Morgen fand er sich dann immer noch in diesem Sessel. Nun war er zwar nicht mehr müde, dafür tat ihm einfach alles weh. Und irgendwie klebten die Kleider an seinem Leibe. Er musste jetzt erst einmal eine heiße Dusche nehmen, um die Schmerzen in seinem Rücken erträglicher zu machen.

Danach tat er einen Blick in seinen Kühlschrank. Hier herrschte Ebbe, was bedeutet, dass es eines der wichtigsten Dinge sein müsste, erstmal einzukaufen.

Für den Abend verabredete sich Horacio mit Rick im Old Shepherd. Horacio wusste auch, dass Anna ebenfalls da war; zwar nur arbeitenderweise, aber dennoch freute er sich drauf, sie um sich zu haben.

Das Wetter in New York war leider gar nicht weihnachtlich, es regnete den ganzen Tag durch. Das störte aber Horacios Laune an diesem Abend wenig, im Gegenteil: die Wiedersehensfreude mit seinen Freunden war riesengroß.

Rick war über die Weihnachtstage in New York und fühlte sich sehr einsam. Als er das Horacio erzählte, wunderten sich Beide, wie paradox es war, dass man, obwohl man in einer Stadt mit Millionen von Einwohnern wohnte, sich ganz oft auch einsam vorkommen konnte, wenn man keine Familie hier hatte.

Aus der Wiedersehensfreude heraus bestellte Horacio eine Runde „Schwarzer Kater", einen Kräuterschnaps, der eine Eigenkreation des „Old Shepherd" war und dessen Zusammensetzung nur der Barkeeper kannte.

Auch Anna sollte einen mittrinken. Normalerweise trank sie im Dienst sehr selten, aber den Wunsch, auf das Wiedersehen anzustoßen, konnte sie Horacio nicht abschlagen.

„Auf uns!" rief Horacio und streckte sein Glas in die Höhe.

Die anderen Beiden stimmten mit ein: „Auf uns!".

Beim Verabschieden drückte Anna Horacio einen langen Kuss auf die Wange. Horacio schwebte danach auf Wolke 7 und konnte seinen Blick nicht von Anna lassen. Plötzlich rief Rick in der geöffneten Tür: „Kommst Du bald?!". Erst da kehrte Horacio in die Realität und antwortete widerwillig: „Ja, ja."

Horacio wusste, dass Rick dieser lange Kuss aufgefallen war und er wusste nicht genau, was er jetzt sagen sollte.

Und so gingen beide zunächst ein Stück, ohne ein Wort von sich zu geben. Als Horacio dann etwas sagen wollte, fiel ihm Rick ins Wort: „Hey Mein Freund, es ist vollkommen okay. Ich bin nicht eifersüchtig."

Rick hatte Horacios Gedanken gelesen und nun war Horacio ebenfalls verblüfft und brachte eine weitere Weile kein Wort mehr zustande.

Dann entgegnete Horacio: „Rick, deshalb wird sich zwischen uns aber nichts ändern!".

Rick sah Horacio an, er glaubte ihm.

Dann war der Silvestertag gekommen. Am Vortag war Horacio nochmal ein paar Silvesterutensilien einzukaufen, denn Anna hatte ihnen erzählt, dass es wichtig wäre, einen bunten Hut und ein kleines Kostüm zu tragen.

Horacio stand eigentlich nicht auf Verkleiden, deshalb kaufte er auch nur eine bunte Weste und einen bunten Papphut. Er wollte ja nicht bei seinem ersten Silvester in New York auffallen.

Dann war endlich der heiß ersehnte Silvesterabend gekommen. Die Strassen rund um den Time Square waren natürlich alle gesperrt. Horacio, Rick und Anna trafen sich um acht Uhr in der Nähe des Times Square, aber auch zu diesem Zeitpunkt war der Platz schon hoffnungslos überfüllt. Es war unglaublich, Horacio hatte noch nie so viele Menschen auf einem Fleck gesehen.

Selbst Anna, die schon einige Silvesterfeiern am Times Square mitgemacht hatte, war von der Anzahl zu relativ früher Stunde überrascht. Aber es war wohl auch das Wetter, das dazu beitrug, dass es so voll war: es waren milde 10 Grad Celsius und trocken.

Die Zeit bis Mitternacht verging rasend schnell. Horacio und seinen Freunden wurden unentwegt Leckereien und Getränke von wildfremden Leuten angeboten. Fast schien es, als wären alle eine große Familie.

Dann war aber der Zeitpunkt gekommen, auf den alle gewartet hatten. Der Countdown der letzten Minute wurde in riesigen Lettern auf der großen Werbefassade angezeigt und natürlich von allen mitgezählt. Es war ohrenbetäubend, wie alle die Sekunden brüllten. Der Countdown führte zu einem großen Jubelschrei, als das neue Jahr endlich gekommen war. Alle umarmten sich und wünschten einander das Beste.

Auf dem Rückweg stolperten sie dann über Mengen von Sektflaschen und Horacio taten die Müllmänner leid, die in dieser Nacht Dienst hatten. Und er wusste, dass es ihn auch nächstes Jahr treffen würde, was ihn jetzt schon mit Grauen erfüllte.

Horacio hatte sich keine Vorsätze für das neue Jahr gemacht. Er wusste, dass genügend Herausforderungen noch vor ihm standen, aber er hatte auch Vertrauen in sich, dass er dem gewachsen ist. Er hatte den Umzug in eine fremde Kultur und einen fremden Sprachraum gut gemeistert und das machte ihn auch ein wenig stolz.

Horacio tat sich schwer, sich wieder aufzuraffen, arbeiten zu gehen. Er hatte so großartige Momente im Urlaub gehabt und dachte mit Wehmut daran zurück, als er im Zug nach Manhattan City am ersten Arbeitstag saß. Nur auf die Tatsache, mit Rick zusammenzuarbeiten, löste in ihm ein wenig Freude aus. Das Wetter passte auch zu seiner Stimmung, denn es regnete in Strömen. Aber er versuchte es von der positiven Seite zu sehen, es war immerhin nicht so kalt. Kälte mochte er überhaupt nicht, Regen war ihm im Allgemeinen egal.

Der Alltag hatte Horacio also wieder. Und es war auf eine Art auch gut so, denn so lernte man schöne Dinge auch zu schätzen.

Der erste Tag zog sich sehr lange hin, es waren immer noch Kollegen in Urlaub, deshalb fuhren sie mit einer kleineren Kolonne als sonst durch Ihren Bezirk und benötigten dementsprechend mehr Zeit.

Am Abend war Horacio so müde, dass er sich aufs Sofa legte und sofort einschlief und erst mitten in der Nacht wieder mit heftigen Nackenschmerzen aufwachte. Da er einen Riesenhunger hatte, weil er seit Mittag nichts mehr gegessen hatte, steuerte er auf direktem Weg auf den Kühlschrank zu, der dank der Einkäufe in den letzten Tagen reichhaltig gefüllt war.

Die erste Arbeitswoche des Jahres verging wie im Schneckentempo. Er sehnte schon am Dienstag das Wochenende herbei. Das frühe Aufstehen fiel ihm am schwersten. Im Urlaub hatte er es genossen, bis mittags im Bett zu bleiben und einmal rund um die Uhr zu schlafen.

Eines hatte er sich dann aber doch vorgenommen fürs neue Jahr. Er wollte in nächster Zeit Anna gerne einmal zum Essen bei sich zuhause einladen. Er wusste, dass er kein großartiger Koch war, aber etwas nach Rezept zu kochen sollte er dann aber doch hinbekommen. Bis dahin musste er dann aber noch herausfinden, welche kulinarischen Vorlieben Anna hatte bzw. ob es Sachen gab, die sie gar nicht mochte.

Um das herauszufinden, arrangierte er am nächsten Samstag ein Abendessen mit Rick und Anna. Er wusste, dass Anna an diesem Tag nicht arbeiten musste.

So verabredeten sie sich am frühen Abend in einem relativ guten Restaurant an der Südseite von Queens. Er bat Rick, nicht die älteste Jeans anzuziehen, da sie sonst eventuell Probleme am Empfang bekommen würden.

Sie trafen sich am Eingang. Anna hatte ein umwerfendes schwarzes Kleid an, was Horacio kurzzeitig den Atem raubte. Rick war enttäuscht, dass keiner so richtig Kenntnis nahm von seinem neuen Outfit, einer dunklen Bundfaltenhose und einem roten Hemd mit dunkler Wildlederjacke.

Sie wurden zu einem Tisch in der Mitte des Restaurants geführt. Der Kellner rückte den Stuhl für Anna zurück.

Dann nahm er Ihnen noch die Jacken ab und brachte auch sogleich die Speisekarte.

Horacio bemerkte, wie Anna anfing, die Karte durchzublättern. So, als ob Sie etwas suchen würde.

Ihr Kommentar ließ ihn dann aufhorchen. „Mann, die haben hier wirklich viele vegetarische Gerichte.", sagte sie.

So also war es raus und Horacio wusste, dass sich der Besuch dieses Restaurants schon gelohnt hatte, in der Weise, dass er nun wusste, dann er für das geplante

Abendessen bei ihm jedenfalls kein Fleisch planen würde.

Er überlegte, ob er aus Solidarität auch etwas Vegetarisches nehmen sollte, aber die Aussicht auf ein saftiges Rumpsteak gewann. Rick schloss sich Horacios Wahl an und Anna bestellte ein Gemüse-Risotto mit Tofu.

Bei den Getränken einigten sie sich auf einen trockenen Rotwein. Bier, was sonst für Rick und Horacio eigentlich Standard war, stand auch gar nicht auf der Karte, was die Beiden doch als etwas sonderbar empfunden.

Das Essen war ein Gedicht. Horacio hatte erwartet, dass es halt ein ganz normales Rumpsteak gibt, aber das Fleisch war so zart, wie er es noch nie vorher gegessen hatte. Auch die anderen Beiden schwärmten von dem Essen. Und so war Horacio froh, dass der etwas höhere Preis auch objektiv gerechtfertigt war. Horacio übernahm auch die Rechnung, aber Anna bestand darauf, das Dessert zu bezahlen, obwohl auch dieses vom Preis her einem Hauptgericht in einem „normalen" Restaurant nahekam.

Am nächsten Tag nach der Arbeit führte Horacios erster Weg in eine Buchhandlung. Es ging darum, ein Buch mit vegetarischen Gerichten zu kaufen. Die Auswahl war erschlagend. Jetzt hatte er die Qual der Wahl. Der Titel „Vegetarian Cooking for Beginners" sprach ihn am meisten an und er hoffte, dort ein gutes und nicht zu schwieriges Gericht zu finden.

Jetzt musste er sich nur noch entscheiden, ob er einmal Probekochen machen sollte oder ob er die Generalprobe weglassen sollte. Er entschied sich für die Risiko-Variante, denn er handelte oft nach dem ihm eigenen Grundsatz „No risk – no fun".

Dann setzte er sich zuhause hin und blätterte in seinem neuen Buch nach etwas Leckerem und einfach zu Kochendem. Was ihn auf den ersten Blick ansprach, war ein „cremiger Nudelauflauf mit Tomate und Mozzarella".

Das Buch war auch in Schwierigkeitsgrade unterteilt und dieses Gericht war in der niedrigsten Schwierigkeitskategorie gelistet. Darüber hinaus wollte Horacio nicht gehen, denn ohne Generalprobe traute er sich nicht viel mehr zu.

Jetzt musste er als nächstes die Einladung „designen". Da er keinen Computer und Drucker besaß, musste er es wohl oder übel mit Papier und Stift tun.

Er gab sich große Mühe, die Einladung handschriftlich zu verfassen. Sie enthielt auch die Menüfolge. Zu dem Hauptgericht wollte er noch eine Kürbissuppe machen und zum Dessert Crema Catalana. Das waren zwei Sachen, die seine Mutter sehr oft gemacht hatte und die er auch ohne Kochbuch zubereiten konnte.

Als Horacio Anna dann am Wochenende im Old Shepherd die Einladung übergab, war diese „von den Socken". Sie schnappte nach Luft und freute sich so sehr. Horacios

Vorhaben war also ein Volltreffer. Jetzt musste nur noch das Essen klappen.

Als er an diesem Abend nach Hause kam, sah er auf einmal seine Wohnung mit ganz anderen Augen, nämlich, wie Anna sie sehen würde: Überall lagen Kleidungsstücke rum, auf der Spüle stapelte sich das ungewaschene Geschirr. Und auch sonst war die Einrichtung sehr spartanisch und nüchtern. Anna sollte sich bei ihm zuhause wohlfühlen und dafür musste er noch einiges tun.

Zuerst nahm er also das schmutzige Geschirr in Angriff. An vielen Tellern und Töpfen waren die Reste zu einer steinharten Kruste geworden. Das Spülen geriet so zu einem Kampf und er war vollkommen erschöpft, als er das letzte Teil gespült auf die Ablage stellte.

Der nächste Kampf galt dem Staub. Ja, für Horacio war Hausarbeit wirklich wie ein Kampf, ein Kampf, den man, wie Horacio dachte, nicht gewinnen konnte, denn in zwei

Wochen sah es wieder genauso aus mit einer gewissen Staubschicht auf den Möbeln.

Nach dem Staubwischen fiel er dann auf sein Sofa. Er war vollkommen erschöpft. Er hatte nicht gedacht, dass diese Essenseinladung an Anna ihn so viel Mühe in der Vorbereitung kosten würde, da war er wohl etwas naiv.

Andererseits war er auch ein bisschen glücklich und stolz für das, was er heute geschafft hatte, was sich gut anfühlte.

Er hoffte natürlich, dass Anna dann auch die Sauberkeit auffallen würde.

Am nächsten Tag ging er nach der Arbeit in ein Dekorationsgeschäft. Er war vorher noch nie in einem solchen Laden. Dekoration war für ihn bislang eher Frauensache.

Er war erschlagen von dem Angebot und er hatte keinerlei Ahnung, was zueinander passte, deshalb wand er sich an eine Verkäuferin. Der erzählte er, wie seine Wohnung aussah, welche Farbe die

Einrichtung hatte und wie der Grundschnitt der Wohnung war. Die Verkäuferin nickte und als Horacio seine Beschreibung beendet hatte, sah sie aus, als würde sie es sich nochmal visualisieren. Dann erhellte sich ihr Gesichtsausdruck und sie nahm Horacio bei der Hand.

Sie war nun sichtlich in ihrem Element, zeigte ihm Kissen, künstliche Blumenarrangements incl. verschiedener Vasen. Horacio schwirrte anschließend der Kopf und er bat die Verkäuferin, die Entscheidung zu fällen, nachdem er ihr das Budget genannt hatte. Schwer bepackt verließ Horacio das Dekorationsgeschäft und er war sich sicher, dass er es in nächster Zeit nicht wieder aufsuchen würde.

Die Verkäuferin hatte ihm noch eine kleine Skizze mit auf den Weg gegeben, wo er was zu platzieren hatte. Was gut war, denn Horacio hatte es zuhause schon wieder vergessen, an welchen Ort was gehörte.

So stellte er erstmal alles auf seinen Esszimmertisch und breitete schlussendlich den Plan aus. Nachdem er alles an seinen vorgesehenen Platz gestellt hatte, war er sehr angetan vom Ergebnis. Die Verkäuferin hatte ihren Job wirklich gut gemacht.

Die Nacht vor dem Essen schlief Horacio sehr schlecht. Er dachte ständig darüber nach, ob er irgendetwas vergessen hatte, aber er kam zu keinem Ergebnis. Als es dann am frühen Morgen aussichtslos schien, noch in den Schlaf zu fallen, stand er in aller Herrgottsfrühe auf und begann damit, den Tisch zu decken und ebenfalls zu dekorieren. Der Tipp, den Tisch zum Essen zu dekorieren, stammte ebenfalls von der Verkäuferin des Dekorationsgeschäfts.

Auf Frühstück hatte er irgendwie keinen Appetit, eine Tasse Kaffee musste reichen. Dann ging er Einkaufen. Er wollte unbedingt alles frisch haben, deshalb hatte er vorher noch nichts eingekauft. Als er am

Supermarkt ankam, hatte dieser noch nicht auf. Ja, er hatte versäumt, sich über die Öffnungszeiten zu informieren. Bisher hatte ihn auch nur die Zeit zum Schließen interessiert, denn er war nicht wirklich ein Frühaufsteher, wenn es sich vermeiden ließ.

Nun bereute er es doch, nicht noch etwas im Bett liegengeblieben zu sein. Wenn wenigstens ein Café oder eine Bäckerei in der Nähe gewesen wäre, wo er sich bei noch einem Kaffee etwas wärmen hätte können, aber es war leider weit und breit nichts derartiges vorhanden. Und so wartete er bibbernd vor Kälte bis zur Ladenöffnung vor dem Eingang. Aber wenigstens wurde er so von einer netten Verkäuferin persönlich begrüßt.

Das Gute an dem Supermarkt war, dass man hier wirklich alles bekam. Das Blöde nur, dass, wenn man sich nicht wirklich auskannte, wo was steht, es eine Ewigkeit braucht, bis man alles zusammen hatte. Horacio dachte bei sich, dass es hier eine

Supermarkt-Navi-App geben müsste, es gibt doch sonst für alles eine App, warum denn nicht auch das.

Den Zeitaufwand fürs Suchen hatte Horacio wirklich unterschätzt. Und so kam er volle 1,5 Stunden schwerbepackt wieder zuhause an als geplant.

Das Blöde war, dass er keinerlei Erfahrungswerte mit dem Timing hatte, aber er hatte dafür schon recht großzügig kalkuliert. Wie dem auch sei, etwaige zeitliche Puffer waren nun aufgebraucht und er musste sich so schnell wie möglich an den Herd begeben.

Er hatte die entsprechenden Rezepte großformatig ausgedruckt und an die Hängeschränke in der Küche geklebt. Das hatte er bei den Kochshows, die immer im Fernsehen kamen und die er eigentlich ganz gerne sah, immer gesehen.

Zuerst wollte er sich an die Kürbissuppe machen. Er hoffte, dass er nicht so große

Probleme mit dem Schälen des Kürbis haben würde, denn er erinnerte sich, dass seine Mutter seinerzeit bei der Zubereitung immer einen Kampf mit dem Schälmesser und dem Kürbis ausgetragen hatte.

Diesmal aber war alles kein Problem, der Kürbis leistete kaum Widerstand. „Das Erste, was heute auf Anhieb klappt, jetzt geht es aufwärts", machte Horacio sich Mut. Er stellt bald fest, dass die Menge Kürbissuppe, die sich aus dem großen Kürbis, den er gekauft hatte, herstellen ließ, auch für eine Großfamilie gereicht hätte.

Da die Kürbissuppe ihm „gut von der Hand" ging, hatte er einiges an Zeit, die er im Supermarkt verloren hatte, wieder aufgeholt. So konnte er nun den Nudelauflauf in Ruhe angehen.

Und der war, wie sein Kochbuch befand, auch wirklich nicht schwierig. Alles konnte gut nacheinander erledigt werden. So machte Kochen Spaß, aber sobald mehr als ein Topf auf dem Herd stand, bekam Horacio eine leichte Panik.

Die Crema Catalana wollte er entgegen zu den Gepflogenheiten seiner Mutter kalt servieren, denn er wollte nicht während des Essens wieder anfangen, das Dessert, das in diesem Falle 45 Minuten an Zeit benötigte, zuzubereiten.

Auch der Schwierigkeitsgrad war überschaubar, aber dennoch was dieses Dessert ein teurer Spaß gewesen, denn er hatte leider keinen gefunden, bei dem er eine gebrauchte Lötlampe zum Karamellisieren der Zuckerkruste leihen konnte und so blieb ihm nichts anderes übrig, als diese zu kaufen. Naja, aber sein Gast war ja auch nicht irgendwer, sondern ein Mensch, der Horacio am Herzen lag und deshalb war es auch jede Mühe und Investition wert.

Ale er dann die Auflauflaufform für den Nudelauflauf soweit vorbereitet hatte, schaute er auch die Uhr. Er hatte noch eine Stunde Zeit, bis Anna kam. Das reichte in jedem Fall noch für ein angenehmes Bad, auf das er sich jetzt freute.

Seine Nervosität stieg ins Unermessliche, als es auf 17:00 Uhr zuging. Er rannte wie ein angestochener Stier in der Wohnung rum.

Dann das Schellen der Türglocke. Endlich hatte das Warten ein Ende!

Anna sah noch umwerfender aus, als damals beim gemeinsamen Restaurantbesuch. Sie hatte ein „kleines Schwarzes" an. Und auch die sonstigen Accessoires wie Kette, Ring, Handtasche unterstrichen diese Eleganz.

Horacio bat sieherein und drückte ihr einen Champagner zur Begrüßung in die Hand. Eigentliche mochte er gar nicht so gerne Champagner, weil er meistens sehr trocken war, was Horacio missfiel. Aber er fand keine Alternative, die dem Anlass des Abends gerecht wurde.

Anna zeige sich begeistert von Horacio's Kochkünsten. Das schmeichelte Horacio sichtlich, wobei er sich schon bewusst war, dass das alles keine Höchstschwierigkeiten waren.

Aber auch das hatte er bewusst so gewählt, u.a. um keine angespannte Atmosphäre am Tisch zu schaffen. So war er halbwegs sicher, dass alles so klappen würde, wie er sich das vorgestellt hatte und das machte ihn einfach gelassen.

Atmosphäre war Horacio sehr wichtig. Er wusste zwar, dass man die nicht planen konnte, aber er selbst wusste schon, wie er die Voraussetzungen dafür schaffen konnte.

Sie unterhielten sich über Ihre Familien und früheren Beziehungen. Horacio hatte das Gefühl, Anna alles sagen zu können. Ein solches Gefühl von Verbundenheit hatte er lange nicht mehr gespürt.

Während des Gesprächs berührte Annas Hand die Horacios des Öfteren. Horacio wollte nicht nachfragen, ob es etwas zu bedeuten hatte, aber ihm gefiel es.

Als Anna dann gegen Mitternacht den Heimweg antreten wollte, gab sie Horacio einen langen Kuss auf den Mund. Horacio war sprachlos und wusste nicht, wie ihm geschah. Und bevor er wieder zu Wort kam, war Anna auch schon zur Türe hinaus.

Horacio schwebte im siebten Himmel.

Auch in der darauffolgenden Nacht konnte Horacio kaum schlafen, die Schmetterlinge in seinem Bauch waren so aktiv, dass sie ihn davon abhielten, in Schlaf zu fallen.

Für den nächsten Tag verabredeten sich Horacio und Anna zu einem Spaziergang im Central Park, wo sie zusammen mit der Bahn hinfuhren. Sie schlenderten Arm in Arm durch die herrliche Natur des Parks und es war einfach wunderschön, fand Horacio. Momente, die nie vergehen sollten, wie er meinte.

Leider stand dann am Montag wieder die Arbeit an. Auch das Wetter hatte sich verschlechtert. Gestern war es noch ein sonniger Tag mit wolkenlosem Himmel und heute leider wieder ein grauer Tag mit einem bedeckten Himmel, aus dem immer mal wieder ein paar Tropfen Regen fielen.

Horacio kam sich selbst in dieser Zeit vor wie ein bisschen betrunken; ständig waren seine Gedanken bei Anna und er schien über den Boden zu schweben. Aber gerade diese große Sehnsucht ließ die Arbeitstage sich unendlich hinziehen.

Es war nun Frühsommer und trotz aller Freude vor dem Sommer war auch diesmal ein mulmiges Gefühl dabei. Denn neben dem Sommer begann auch die Hurrikan- Saison. Und wie meist beim Wetter, konnte keiner einem sagen, was das Jahr diesmal bringen würde.

Horacio wurde schon seit früher Jugend von den Hurrikans geprägt. Als er In El Salvador aufwuchs, bedeuteten Hurrikans immer großes Unglück. Viele Leute lebten dort an der Armutsgrenze, was auch bedeutete, dass sie in irgendwelchen Verschlägen auf den Dörfern oder den Vorstädten hausten. Und diese Baracken, als mehr konnte man es nicht bezeichnen, war natürlich anfällig für die Hurrikans.

Horacio hatte auch registriert, dass im Laufe der Jahre die Intensität der Hurrikans zunahm. Hatten damals die stärksten Hurrikans Windgeschwindigkeiten von ca. 150 km/h, so waren in den letzten Jahren öfter Geschwindigkeiten bis zu 200 km/h gemessen wurde.

Es war ein Ritual in El Salvador, dass man sich in den Kirchen zum Beten versammelte, wenn ein solcher Hurrikan angekündigt wurde. Dort gehörten aber auch Hurrikans zum Leben dazu. Schon früh in der Schule lernte man, was man im Falle eines Hurrikans tun sollte bzw. auch unterlassen sollte. Es gab entsprechende Schutzräume, die man im Falle eines Hurrikans aufsuchen sollte.

Aber Hurrikans hatten auch etwas mit Glücksspiel zu tun, denn der Weg, den der Hurrikan nahm, war jedes Mal individuell und hing von vielen Faktoren ab, sodass selbst die Meteorologen sich erst sehr spät auf die Stelle festlegten, an der der Hurrikan auf Land traf.

Als Horacio nach New York kam, hatte er erwartet, dass hier niemand Angst vor Hurrikans haben würde. Die USA waren im Gegensatz zu El Salvador ein reiches Land und die Häuser waren stabil und konnten den meisten klimatischen Anfechtungen trotzen.

Auch gab es Rituale in New York, wie das Ritual, sich einen Lebensmittelvorrat anzulegen für die Dauer der Hurrikans. Früher war es wirklich so, dass die Lebensmittelgeschäfte regelrecht geplündert wurden, aber das war heutzutage bei weitem nicht mehr der Fall. Klar legten die Leute sich einen kleinen Vorrat an Lebensmitteln an, aber mit der Gewissheit, dass nach 2-3

Tagen alles wieder seinen gewohnten Gang gehen würde, waren diese Einkäufe nicht viel größer als ein normaler Wochenendeinkauf.

In diesem Jahr hatte New York bisher Glück gehabt. Die bisherigen Wirbelstürme waren nicht bis an die Hurrikan-Kategorie herangerückt, die bei 118 km/h begann.

Doch der nächste Wirbelsturm, der sich auf dem Atlantik zusammenbraute, schien diese Kategorie mühelos überspringen zu können. Er hier „Sandy". Mit Anna hatte er schon heftige Diskussionen, warum Hurrikans stets Mädchennamen hatten. Sie argumentierte, dass es in anderen Kontinenten üblich war, die Hurrikans bzw. Tiefdruckgebiete jährlich abwechselnd ein Jahr nach Mädchen zu benennen und ein Jahr nach Jungen.

Sandy war nur noch 250 Meilen von der Ostküste entfernt und hatte sich zu einem Monsterhurrikan entwickelt. Die Meteorologen wollten sich noch immer nicht festlegen, wo der Hurrikan auf Land treffen würde. Der in Frage kommende Abschnitt der Ostküste, auf den man den Auftreffpunkt des Zentrums vorhersagte, war noch 200 Meilen lang und New York lag am nördlichen Ende des Risikogebiets.

Am nächsten Morgen schaltete Horacio zuerst den Fernseher ein, um zu sehen, wie sich die Lage entwickelte. Leider verhießen die Vorhersagen nichts Gutes. Als Risikogebiet wurde nun ein Streifen von nur noch 100 Meilen betrachtet und New York lag nun mitten drin. Es war also höchstwahrscheinlich, dass der Hurrikan mit welcher Wucht auch immer auf New York treffen würde. Auch bewegte sich der Hurrikan sehr langsam auf die Küste vor, sodass die Zerstörungkraft dadurch noch weiter anstieg.

Als Horacio auf die Strasse trat, sah er viele Geschäftsleute, die die Schaufenster verbarrikadierten, damit diese nicht von umherfliegenden Teilen beschädigt wurden. Auf seiner Arbeitsstelle angekommen, eröffnete Ihnen Ihr Chef, er würde Ihnen wegen der bedrohlichen Lage 2 Tage freigeben. Sie sollten sich wieder in Ihre Häuser begeben und möglichst dort ausharren, bis der Hurrikan vorübergezogen war.

Horacio stieg wieder in die Bahn, die an diesem Morgen schon sehr leer war. Er schaltete, zuhause angekommen, als erstes wieder den Fernseher ein. Immer wieder wurde nun das Satellitenbild des Hurrikans gezeigt, dessen Auge nun schon auf 200 Meilen angewachsen war. Horacio rief bei Anna an, in der Hoffnung, dass sie ebenfalls zu Hause war. Leider sprang nur ihr Anrufbeantworter an. Auch mobil erreichte er nur ihre Mailbox, was ihn sehr beunruhigte.

Er konnte sich nicht vom Fernsehen trennen. Zum Glück hatte er Kabelfernsehen, sodass er keine Angst haben musste, dass, wie beim Satellitenfernsehen, für die Zeit des Hurrikans kein Programm mehr zu empfangen sein würde.

Die Zeit schien still zu stehen und ebenfalls der Hurrikan. Horacio erinnerte sich an die Traditionen aus seiner Heimat, faltete die Hänge und begann zu beten.

Plötzlich klingelte das Telefon. „Jiminez", meldete sich Horacio.

„Hier ist Anna. Du hattest versucht, mich zu erreichen. Mit mir ist alles in Ordnung. Musste noch kurz etwas einkaufen und dort waren lange Schlangen an der Kasse."

Horacio dachte, dass das wohl zumeist die Leute waren, die bis zuletzt gehofft hatten, dass der Hurrikan einen anderen Weg einschlagen würde, aber den Gefallen tat er Ihnen nicht.

Die Meteorologen gingen jetzt davon aus, dass der Hurrikan etwa um Mitternacht auf Land treffen würde. Das Fernsehen zeigte, wie sich an dem bedrohten Küstenabschnitt die Menschen auf den Hurrikan vorbereiteten. Vor allem wollte man verhindern, dass das Stromnetz zusammenbrach. Deshalb wurden große Vorkehrungen an den Kraftwerken getroffen, unter anderem mit Sandsäcken, damit keine Flutwelle sie heimsuchte.

Die Strassen waren um die Mittagszeit wie leergefegt. Die Autofahrer hatten, wenn es eben ging, Parkplätze in Tiefgaragen aufgesucht, damit ihre Autos nicht von umherfliegenden Gegenständen beschädigt wurden.

Es war im wörtlichsten Sinne die Ruhe vor dem Sturm.

Horacio war sich sicher, dass er in der folgenden Nacht kein Auge zu tun würde, zumal der Hausmeister ihm auch aufgetragen hatte, die Rollladen nicht herunterzulassen, weil sie dadurch sehr leicht beschädigt werden könnten. Der nun langsam aufkommende Sturm heulte jetzt schon durch die kleinen Ritzen und Fugen ihres Altbaus.

Wieder und wieder begann er zu beten, denn in seiner Vorstellung konnte nur Gott diesen Sturm von New York abwenden.

Sandy hatte mittlerweile Spitzengeschwindigkeiten von über unvorstellbaren 250 km/h erreicht. Die Kraft, mit der sich der Hurrikan aus dem Ozean gespeist hatte, sollte sich mit ganzer Wucht an Land entladen.

Wieder und wieder sprachen sie im Fernsehen auch davon, dass die Klimaerwärmung ihren Teil zur Entstehung der Vielzahl an Hurrikans beitrug, aber in Horacios Augen war es nun müßig, in dieser Situation darüber zu diskutieren, denn es ging jetzt nicht um Worte in dieser Situation, sondern um Taten, um das Unglück glimpflich ablaufen zu lassen.

Als es dann Abend wurde, merkte man, dass der Sturm heftiger wurde. Kleinere Äste flogen schon durch die Luft und die Straßenlaternen wackelten schon bedenklich.

Als der Sturm dann zunahm, bewegte sich Horacio weg vom Fenster. Er hatte Angst, dass ein größeres umherfliegendes Teil das Fenster zerstören könnte.

So lag Horacio auf der Couch und hörte zu, wie mehr und mehr Gegenstände vor die Hausmauern prallten. Der Lichtkegel, den die Straßenlaterne warf, wanderte unentwegt von links nach rechts und wieder zurück, als wäre die Laterne aus einem dehn- und biegbarem Material.

Plötzlich hörte er einen lauten Knall und anschließend wurde es stockfinster. Horacio erschrak. Der Sturm war beim Licht der Straßenlaternen schon unheimlich, aber wurde durch den Stromausfall noch unheimlicher.

Und plötzlich kam ihm in den Sinn, was er vergessen hatte zu besorgen: Kerzen!

Ihm wurde plötzlich auch bewusst, dass der Kühlschrank ebenfalls betroffen war und er bei einem mehrtägigen Ausfall wohl die meisten Lebensmittel wegwerfen müsste.

Aber soweit war es ja noch lange nicht. Er hoffte, dass der Hurrikan schnell vorüberziehen würde und die Stromversorgung ebenso schnell wieder funktionieren würde.

Weiter schepperte es draußen heftig. Immer wieder fielen größere Teile gegen die Hauswand, er verkniff es sich aber, ans Fenster zu gehen und nachzuschauen.

Doch trotz des heulenden Sturms draußen gewöhnte er sich mit der Zeit an das Hörbare. Und irgendwann schlief er tatsächlich auch ein. Als er gegen 3 Uhr in der Früh aufwachte, hatte der Sturm etwas nachgelassen. Leider funktionierte aber der Strom noch nicht, weshalb er sich den Weg zur Toilette ertasten musste.

Am Morgen erwachte er sehr früh. Er hatte das Bedürfnis, sich zu vergewissern, ob es Anna gut ging, doch der Blick auf sein Handy verriet ihm, dass neben dem Stromnetz wohl auch das Mobilfunknetz abgestürzt war.

Er schaute durch das Fenster, welches zur Strasse führte. Er erschrak. Nahezu jeder 2.Baum war entwurzelt und viele waren auf die vor dem Haus abgestellten Autos gestürzt. Die Strasse war unbefahrbar. Dort fanden sich neben den umgestürzten Bäumen auch noch umhergewirbelte Fahrräder und Motorräder, die dem Sturm ebenfalls nicht standgehalten hatten.

Horacio war am Überlegen, ob es ungefährlich war, nach draußen zu gehen. Der Sturm hatte deutlich nachgelassen, aber viele Bäume standen schief und drohten seiner Meinung nach ebenfalls umzustürzen. Er entschied sich, zu warten, bis Radio und Fernsehen wieder funktionierten und die Hinweise der Behörden abzuwarten.

Es ärgerte ihn am meisten, dass er Anna nicht erreichen konnte. In El Salvador hatte er sich daran gewöhnt, dass öfter mal Strom oder Mobilfunk ausfielen, aber in den USA dachte er, dass dies niemals passieren würde. Aber er wusste natürlich auch, dass das eine Extremsituation war.

Die Zeit verging im Schneckentempo. Sein Inneres war ebenfalls genauso aufgewühlt wie die Landschaft draußen, aber er war auf eine gewisse Art hilflos und auf eine Art auch abgeschnitten von der Außenwelt.

Der Sturm legte sich nun ganz und es wurde ganz ruhig. Es war diesmal nicht die Ruhe VOR dem Sturm, sondern die Ruhe NACH dem Sturm.

Diese Ruhe hielt leider nicht lange. Schon bald rückten die ersten Feuerwehren aus und fingen an, die Strassen von umgestürzten Bäumen zu befreien bzw. umsturzgefährdete Bäume zu fällen.

Er stand am Fenster und folgte dem Treiben der Feuerwehren auf der Strasse. Er bewunderte, wie schnell und professionell das vor sich ging.

Plötzlich flackerte sein Handy: Der Empfang war wieder da. Doch als er Annas Nummer wählte, brach das Netz wieder zusammen. Wahrscheinlich hatten alle auf genau diesen Moment gewartet, um zu hören, wie es Familien, Bekannten und Freunden ging.

Nach einer Zeit von gut 10 Minuten flackerte es wieder. Diesmal wartete Horacio ein wenig länger. Das Netz schien nun stabiler zu sein. Er wählte Annas Nummer und war erleichtert, als er ihre Stimme hörte und sie ihm erzählte, dass es ihr gutgehe.

Auch bei Ihr vor dem Fenster sah es ähnlich chaotisch aus wie bei Horacio: lauter entwurzelte Bäume und Müll, der durch die Gegend geflogen ist.

Im Laufe des Nachmittags war auch der Strom wieder da. Natürlich schaltete Horacio sofort den Fernseher an und egal, welchen Kanal er wähle, es gab nur das eine Thema: dieser Monster-Hurrikan, der zwar weitergezogen war, aber immer noch seine zerstörerische Kraft entfaltete.

Worüber er bislang noch gar nicht nachgedacht hat, war seine Arbeit. Er würde wohl einige Sonderschichten „schieben" müssen, um New York wieder so herzustellen wie es vor dem Hurrikan aussah.

Passend bekam er auch einen Anruf am frühen Abend von seinem Boss. Er sollte doch morgen 1 Stunde früher anfangen. Und er sollte sich darauf einstellen, dass die Bahnen nicht regulär fahren würden, sondern er den Bus nehmen muss, was noch einmal eine halbe Stunde Früher-Aufstehen bedeutete.

Nachdem er aufgelegt hatte, hörte er, wie ein Feuerwehrwagen durch die Strassen fuhr und den Menschen mitteilte, dass sie nun auf eigene Gefahr wieder die Strasse betreten konnten.

Man wollte auf Nummer sicher gehen, denn sie wussten nicht, ob wirklich alle wieder Fernsehempfang hatten.

Horacio legte sich alles für den nächsten Morgen bereit, denn die wenige Zeit, die ihm bleiben würde, wollte er nicht noch mit unnötigen Suchereien vertun.

Am nächsten Morgen begab er sich wie gewohnt zur Bahnstation, in der Hoffnung, die Bahn würde doch fahren. Doch aus einiger Entfernung sah er schon, dass auf dem Bahnsteig keiner stand, sondern stattdessen alle an der Bushaltestelle. Ein Aushang informierte darüber, dass bis auf weiteres keine Züge fahren würden, da viele Bäume noch auf der Trasse liegen würden. Stattdessen ist ein Schienenersatzverkehr mit Bussen eingerichtet und würde alle Stationen der Bahnlinie anfahren.

Die Busfahrt verlief entgegen Horacios Erwartungen relativ problemlos. Die

Feuerwehr hatte ganze Arbeit geleistet und alle umgestürzten Bäume bzw. Äste von der Fahrbahn geräumt. Aber überall bot sich dennoch das gleiche Bild: Müll, der durch die Luft gewirbelt worden war, lag überall, vielfach waren Bäume auf Autos gefallen und hatten diese extrem beschädigt.

Ihm war bewusst, dass es einige Zeit dauern würde, alle Schäden und das Chaos abseits der Strasse zu beseitigen.

Als er an seinem morgendlichen Treffpunkt ankam, waren die meisten Kollegen schon da. Und ebenfalls der Chef war hier, was die Wichtigkeit dieses Tages unterstreichen sollte.

Er sagte: „ Männer, ich weiß, es ist keine leichte Aufgabe und es wird einige Zeit dauern, bis wir den alten Zustand New Yorks wiederhergestellt haben. Aber ich zähle auf Euch und ebenfalls jeder einzelne Einwohner von New Yorks. In diesem Sinne viel Erfolg bei Eurer Aufgabe!"

Alle packten Ihre Arbeitsgeräte zusammen und gingen mit Energie an ihre Aufgabe. Ihr Chef hatte Ihnen angedeutet, dass in den nächsten Tagen wohl Überstunden anfallen würden. Aber auch das war in New York schön: Überstunden wurden schnell und unbürokratisch finanziell abgegolten, was die Motivation nicht nachlassen ließ.

Sandy war auch so etwas wie ein verfrühter Herbst. Dass, was hier in den letzten Tagen an Blättern von den Bäumen gefallen ist, entspricht der Menge, die in einer normalen Herbstwoche fällt, mit dem Unterschied, dass die jetzt gefallenen Blätter sattgrün waren und nicht gelb oder braun.

Horacio war diesmal in der letzten Kolonne eingeteilt, was bedeutet, dass für ihn nur noch der „kleine" Müll übrigblieb. Sein Kollege vor ihm hatte einen Laubbläser und Horacio kümmerte sich darum, dass das Laub von den Gehwegen auf die Ladefläche ihres Fahrzeugs gelangte.

Körperlich war diese letzte Kolonne zum Glück nicht die am meisten beanspruchte und deswegen war Horacio froh. Aber die Einteilung änderte sich täglich, was bedeutete, dass er schon morgen wieder ganz anders beansprucht werden würde.

Der Tag verging schnell; das war das Gute daran, wenn man viel zu tun hatte: die Zeit verging wie im Fluge und die Abläufe waren so automatisiert, dass man auch nicht groß nachdenken brauchte, was gerade anstand. Während der Arbeit dachte Horacio deswegen viel an Anna und machte schon einige Zukunftspläne. Er wollte ihr auf jeden Fall sehr gerne seine Heimat El Salvador zeigen und natürlich seiner Familie vorstellen. Er wäre in dem Moment sehr stolz, sowohl auf seine Familie, als auch auf Anna.

Die Arbeit ging zügig voran, was Horacio nicht so erwartet hatte. Ein wenig beschwerlich war für ihn, dass alles noch nass war und so der Laubbläser manches nicht ablösen konnte.

Insbesondere irgendwelche Papierschnipsel „klebten" am Boden oft fest.

Diesmal lag da wieder so ein Papierschnipsel rum. Dieser war nun aber anders als die anderen und erregte Horacio's Aufmerksamkeit. Beim näheren Hinsehen entdeckte er, dass es ein Lottoschein war; dem Aufdruck nach von letzter Woche.

Horacio spielte nie Lotterie und hatte dementsprechend auch keine Ahnung von den Glückzahlen der letzten Ziehung. Ebenfalls sein Kollege konnte ihm da nicht weiterhelfen.

„Naja", sagte er sich, „mehr als verloren haben kann ich ja nicht". Und er nahm sich vor, den Schein am Abend in der Lottoannahmestelle in der Nähe seiner Wohnung in Queens abzugeben und zu überprüfen lassen, ob er gewonnen hatte.

Auch der restliche Tag verging im Fluge und ihr Chef war sehr zufrieden mit dem Fortschritt an diesem Tag 1 nach dem Hurrikan.

Auf dem Nachhauseweg fuhr diesmal die Bahn wieder. Alle Leitungsschäden seien in Rekordzeit beseitigt worden und die Kunden brauchten nicht mehr auf Schienenersatzfahrzeuge umsteigen wie noch am Morgen.

In der Lottoannahmestelle musste er sich erstmal orientieren, bis ihn der Inhaber fragte, ob er ihm weiterhelfen konnte. Horacio sagte: „Ich habe heute einen Lottoschein von letzter Woche auf der Strasse gefunden und wollte von Ihnen wissen, ob dieser Schein etwas gewonnen hat."

Darauf entgegnete der Inhaber der Annahmestelle: „Die Prüfung, ob jemand gewonnen hat, wird zentral gemacht, wir haben damit nichts zu tun. Im Endeffekt bekommen wir dann nur die Gewinne zugeteilt, welche durch Lottoscheine erzielt wurden, die bei uns abgegeben wurden. In Ihrem Fall ist die Wahrscheinlichkeit hoch, dass der einstige Besitzer des Scheins den nicht bei uns abgegeben hat. Was ich jetzt machen kann, ist auf jeden Fall, Ihren Namen aufzunehmen und den Schein an die Zentrale weiterzuleiten. Die Prüfung kann leider manchmal bis zu 4 Wochen in Anspruch nehmen."

Horacio diktierte seine Adresse und verließ etwas enttäuscht die Annahmestelle.

Er ging noch bei Anna vorbei und vergewisserte sich, dass alles okay bei Ihr war.

Später zuhause überkam ihn die Müdigkeit, sodass er auf dem Sofa einschlief und mitten in der Nacht mit voller Montur aufwachte.

Die nächsten beiden Tage musste Horacio in der ersten Kolonne arbeiten, was dementsprechend anstrengender war. Hier ging es darum, größere Teile, die durch die Luft gewirbelt wurden, einzusammeln. Das ganze Team war aber sehr eingespielt, sodass der Fortschritt am Ende des zweiten Tages so groß war, dass der vom Bürgermeister ausgerufene Notstand wieder zurückgenommen werden konnte und alles nach und nach wieder seinen geregelten Gang gehen konnte. In den bewaldeten Außenbezirken sah es dagegen ganz anders aus. Hier waren die Trupps, die mit dem Fällen angeschlagener Bäume betraut waren, noch Wochen beschäftigt.

Trotz Aufhebung des Notstands strich Horacio's Chef das folgende Wochenende, was Horacio sehr traurig machte, denn er wollte eigentlich seine freie Zeit mit Anna verbringen. Aber das Zetern half alles nichts. Bisher konnte sich Horacio auch nicht beschweren, denn seine Arbeitszeiten waren mit Ausnahme der vergangenen Tage geregelt und human. Ebenfalls kam sein Chef, soweit möglich, seinen

Urlaubswünschen meist immer entgegen. Deshalb verkniff sich Horacio seinem Chef gegenüber jedweden negativen Kommentar, aber freuen tat er sich deshalb natürlich nicht.

Wie erwartet, normalisierte sich die Lage in New York sehr schnell wieder. Nur die Versicherungen stöhnten sehr, da die Forderungen aus den Hurrikanschäden sie an den Rande ihrer Möglichkeiten brachten. So sagten sie jedenfalls.

Horacio ging es gut. Er genoss die gemeinsame Zeit mit Anna sehr, es lief wirklich alles rund in seinem Leben und er dankte Gott dafür, dass er diesen Schritt in seinem Leben gewagt hatte.

So langsam wurde es jetzt auch Herbst und der Indian Summer hielt wieder Einzug. Diesmal hatte das Ganze allerdings einen Schönheitsfehler, da viele Wälder vom Hurrikan arg in Mitleidenschaft gezogen wurden. Mancherorts hat der Hurrikan ganze Schneisen in die Wälder geschlagen. Jedes

Mal, wenn Horacio das sah, wurde ihm wieder klar, welche Urgewalt dieser Hurrikan hatte.

Der Herbst war sonst wie schon gesagt mit seinen Facetten wunderschön. Auch die Arbeit machte Spaß.

Eines Tages kam Horacio nach Hause und, als er den Briefkasten leerte, fiel ihm ein handschriftlicher Brief auf. Es war ein Brief seiner Mutter. Seine Mutter hatte ihm bisher noch nie geschrieben und es machte ihn so neugierig, dass er den Brief noch am Treppenabsatz öffnete: „Lieber Horacio, Du wunderst dich bestimmt, von mir einen Brief zu bekommen, aber die Sache ist sehr wichtig. Es geht um Deinen Vater. Bei ihm wurde letzte Woche Nierenkrebs festgestellt. Der Arzt sagte, die festgestellte Tumorart sei sehr aggressiv und könnte nur von Spezialisten operativ und mit neuester Lasertechnologie entfernt und mit einer Folgebehandlung therapiert werden. Er würde ihm raten, eine Spezialklinik in den

USA aufzusuchen. Wir waren geschockt von dieser Diagnose. Natürlich haben wir kein Geld, diese Behandlung in den USA zu bezahlen, sie soll sage und schreibe 150.000 US-$ kosten. Ich weiß, dass Dir auch das Geld dazu fehlt, aber Du solltest auf jeden Fall Bescheid wissen."

Horacio war geschockt. Eigentlich wollte er in den Weihnachtsferien seine Heimat besuchen und es sollte ein schöner Besucht werden; er wollte Anna mitnehmen und sie seiner Familie vorstellen. Alles war so schön geplant und auf Freude ausgerichtet. Aber nun zerplatzte diese Freude jäh in der Sorge um seinen Vater.

Horacio rief am gleichen Abend noch bei seinem Bruder an, der auf Heimaturlaub war. Seine Eltern hatte noch immer kein Telefon, daher auch der Brief. Sein Bruder bestätigte Horacio, dass es nicht gut um ihren Vater stand. Es würden immer noch Untersuchungen gemacht, aber ohne Geld für diese Operation in den USA würde ihr Vater wohl nicht überleben. Horacio war am Boden zerstört. Sein Vater war immer Bestandteil seines Lebens und er hatte sich noch nie Gedanken darüber gemacht, dass dies mal anders sein könnte.

Er rief Anna an, denn er brauchte jetzt einen Menschen, von dem er Zuspruch bekam und der ihm eine Stütze war.

Anna beruhigte ihn und sagte, dass es immer noch Hoffnung geben würde. Man könnte eine Sammlung unter den Freunden starten oder einen Aufruf im Internet. Anna sagte, sie hatte schon viele solche Aufrufe gesehen und sie drückte jedem, der einen solchen Aufruf ins Netz stellte, die Daumen, dass die Geschichte ein positives Ende nehmen würde. Tatsächlich ging es Horacio nach dem Telefonat besser. Er war nun soweit, selbst Initiative zu ergreifen, als über die Situation nur zu grübeln ohne ein positives Ergebnis.

Horacio fragte unter seinen Arbeitskollegen nach, ob jemand von Ihnen Erfahrung hatte, Webseiten zu erstellen. Und tatsächlich gab es jemanden: Willy!

Willy verdiente sich durch sein Können, Webseiten einzurichten, ein wenig Geld dazu. Er sagte aber Horacio zu, nachdem er dessen Geschichte gehört hatte, dass er von ihm kein Geld haben wollte und dass er seinen Teil dazu beitragen wollte, dass Horacio's Vater die Hilfe bekam, die er so dringend benötigte.

Horacio hatte eigentlich keine große Ahnung vom Internet und dementsprechend hatte er auch keine Vorstellung, wie solch eine Website aussehen sollte.

Willy zeigte Horacio als Beispiel ein paar Seiten, die er erstellt hatte. Er fragte Horacio auch nach mehr Informationen zu seinem Vater: Welche Hobbys er hatte? Was er gerne aß? Welchen Beruf er früher ausübte? Dadurch wollte Willy Anregungen bekommen, wie er die Seite aufbauen sollte: was im Mittelpunkt stehen könnte?

Aber natürlich fragte er ihn auch nach der Krankheit, doch Horacio musste zugeben, dass die Informationen, die er hatte, noch recht spärlich waren und er nicht viel mehr dazu sagen konnte, als das, was sein Bruder ihm mitgeteilt hatte.

Willy hatte alles akribisch notiert und hatte schon eine kleine Idee, aber er benötigte Horacio's Hilfe. Horacio sollte nämlich die Eröffnung einer Stiftung für seinen Vater beantragen und die Seite sollte das Aushängeschild dieser Stiftung sein. Horacio war das Ganze eine Nummer zu groß; er scheute den behördlichen Aufwand. Doch Willy überredete ihn, dass dies der richtige Weg ist. Die Spender müssten ja auch von der Seriosität der Sache überzeugt sein und solch eine Stiftung hätte da eine ganz andere Wirkung. Außerdem könnten die Spender ihre Spenden bei einer Stiftung steuerlich geltend machen, das war bestimmt vielen von ihnen sehr wichtig.

Willy und Horacio vereinbarten, sich in einer Woche wieder zu treffen. Willy wollte bis dahin einen ersten Entwurf der Webseite fertig haben und Horacio musste die ersten behördlichen Hürden für die neue Stiftung nehmen.

Horacio wusste noch nicht genau, auf was er sich da eingelassen hatte. Man erklärte ihm auf der Zulassungsbehörde, dass er jedem Spender am Jahresende eine Spendenbescheinigung und der Behörde eine Gesamtauflistung aller Einnahmen und Ausgaben ausstellen musste. Bisher hatte Horacio sogenannten Papierkram immer gehasst, aber er hoffte auf Anna's Hilfe, die sehr gut in solchen Sachen war. Und wenn er bedachte, dass der Aufwand dafür war, seinem Vater zu helfen, dass er die nötige Operation finanziert bekäme, war es das allemal wert.

Willy war ebenfalls erfolgreich. Er hatte die Erfahrung gemacht, dass sein Job desto einfacher war, je weniger konkrete Vorstellungen seine Kunden hatten. So konnte er seiner eigenen Kreativität freien Lauf lassen.

In den Mittelpunkt der Seite stellte er eine Abbildung der menschlichen Niere. Verlinkt wurden von der Hauptseite eine Seite, die den Aufbau und die Funktionsweise der Niere erklärte.

Weiterhin führte ein anderer Link zu den häufigsten Erkrankungen der Nieren und deren Behandlung, verbunden mit Informationen, was die bestimmten Therapieformen kosteten.

Eine weitere Seite sollte für die Erkrankten angelegt werde, denen die Spendengelder zugutekommen sollten. Momentan war Horacio's Vater der einzig Begünstigte, aber Willy war sich sicher, dass hier in nächster Zeit sich viele Patienten melden würden, die sich in dergleichen Situation befanden wie

Horacio's Vater, nämlich, dass die Therapiekosten die eigenen finanziellen Möglichkeiten um ein Vielfaches überstiegen.

Willy war sich sehr wohl bewusst, dass es sehr schwierig werden würde, die Summen, die nötig waren, einzuwerben, aber er war von Natur aus jemand, der Herausforderungen gerne annahm.

Auch Willy sah sich nun in einer Situation, die er vorher sich nicht ausgemalt hatte. Normalerweise hatte er mit den Seiten, die er erstellte, nach deren „Go Live", also dem Startpunkt der Veröffentlichung, nicht mehr viel zu tun. Die Pflege übernahmen die Auftraggeber, nachdem Willy ihnen die Handhabung erklärt hatte. In diesem Fall sah er sich aber sehr wohl in der Pflicht, Neuigkeiten selbst einzupflegen, da die Verwaltung der Spendengelder Horacio wahrscheinlich voll ausfüllen würde

Als Horacio und Willy sich nach einer Woche wiedertrafen, hatten sie sich viel zu erzählen. Horacio erzählte von seinen

Behördengängen, die entgegen seiner Erwartung nicht lästig, sondern eher spannend waren, da jeder Schritt, den er tat, ihm etwas Neues eröffnete. Auch die Eröffnung des Spendenkontos war interessant, da der Bankangestellte zufälligerweise einen Vater hatte, der ebenfalls an einer kranken Niere litt, aber dank seiner Krankenversicherung sich in der glücklichen Lage sah, dass sämtliche Kosten von der Krankenversicherung übernommen wurden. Aber dadurch war der Bankangestellte gewillt, es Horacio so einfach wie möglich zu machen, was Horacio natürlich freute.

Willy war auch voller Optimismus: Er zeigte Horacio das, was er bisher auf die Beine gestellt hatte. Horacio war überwältigt und er saß mit offenem Mund vor Willy's Laptop. Willy war grandios. Das Design der Seite hätte besser nicht sein können. Willy hatte sich richtig in seine Aufgabe reingekniet und wusste nach seinen Recherchen nun erstmal deutlich mehr über Nieren und ihre

Erkrankungen, als Horacio es momentan tat. Horacio war dementsprechend erstmal in der Rolle des Benutzers, der sich anhand der Seite ein Bild von der Situation Nierenerkrankter machen wollte.

Die kleineren Anpassungen machten Beide sogleich zusammen. Horacio hatte auch ein Foto von seinem Vater mitgebracht, das Willy sogleich einscannte und in die Seite integrierte. Als dann alles fertig war, sollte Horacio den entscheidenden Klick machen, um die Seite ins Internet zu stellen.

Horacio war wirklich aufgeregt und sein Zeigefinger zitterte sogar ein wenig, als er ihn auf die Maus setzte.

Beide waren sich aber sicher, dass jetzt erst die richtige Arbeit begann, nämlich die Stiftung und die Webseite bekannt zu machen. Als erstes erstellte Willy eine Mail an alle Arbeitskollegen und Freunde von Ihnen mit dem Link auf die Seite.

Willy hatte auch die Idee, evtl. monatlich einen Newsletter herauszugeben, um die Spender an den Aktivitäten der Stiftung und ihren, wie Beide hofften, Erfolgen teilhaben zu lassen.

Sie verabredeten ein wöchentliches Treffen, um zukünftige Aktivitäten und die anstehenden Arbeiten abzusprechen.

Horacio's Gang von der Arbeit nach Hause führte nun regelmäßig über die Bank, bei der das Spendenkonto eingerichtet war. Horacio konnte es nicht glauben, wie viele ihrer Arbeitskollegen sehr großzügige Spenden überwiesen und schnell war ein vierstelliger Betrag erreicht.

Willy berichtete bei ihrem nächsten Treffen, wie viele Mails bei ihm ankamen. Viele drückten ihre Anteilnahme am Schicksal Horacio's Vaters aus und lobten ebenfalls den Informationsgehalt ihrer Webseite.

Es gingen auch weiterhin viele Spenden ein, aber das meiste waren leider Kleinstbeträge.

Horacio wurde bald klar, dass sie über diesen Weg nur mit sehr viel Glück ihr Ziel erreichen würden, die OP seines Vaters zu finanzieren.

Willy hatte sich zwar mehr und mehr im Online Marketing betätigt, um ihre Webseite zu größerer Popularität zu bringen, aber auch er konnte in ihren nächsten Treffen nicht verleugnen, dass sie auf der Stelle traten. Aber Beide wollten nicht so schnell aufgeben; vielleicht waren einfach nur ihre Erwartungen zu groß. Das Problem war nur, dass die Zeit gegen Sie lief, denn Horacio's Vater benötigte die OP in den nächsten zwei Monaten, andernfalls würden die Metastasen soweit fortgeschritten sein, dass eine OP nicht mehr eine vollkommene Heilung bringen würde.

Die Zeit verging und es wurde November.

Eines Tages, als Horacio gerade zur Türe hineintrat, klingelte das Telefon. Er hoffte, dass Anna am anderen Ende war, denn eine Aufmunterung nach diesem trüben

Novembertag konnte er jetzt mehr als gebrauchen.

Leider war es die Lottogesellschaft. „Wieder so ein Werbeanruf", dachte Horacio, „hatte ich nicht oft genug gesagt, dass sie mich mit diesen Anrufen in Ruhe lassen sollten."

Als die weibliche Person am anderen Ende der Leitung das Gefühl hatte, Horacio könnte sofort wieder auflegen, wurde sie etwas lauter und stellte mit fester Stimme fest: „Das ist kein Werbeanruf!".

„Kein Werbeanruf?", dachte Horacio bei sich, „was könnte denn der Grund für deren Anruf sein?".

Die weibliche Stimme fuhr fort: „Herr Jiminez, erinnern Sie sich noch an das Lotterielos, welches Sie in einer unserer Annahmestellen vor einigen Monaten eingereicht hatten."

Horacio musste in der Tat sehr lange nachdenken. Ja, es war nach dem Hurrikan gewesen. Was sollte mit diesem Los sein?

„Die Prüfung des Loses ergab, dass sie mit dem Los als einer von vier Personen den Jackpot geknackt haben.

Horacio suchte sich erstmal einen Stuhl, denn ab jetzt wurde ihm etwas flau im Magen.

„Jackpot sagen Sie?", gab Horacio zurück.

„Ja, Sie haben richtig gehört, Jackpot. Der betrug zum damaligen Zeitpunkt 2 Millionen Dollar, was nach Adam Riese 500.000 US-$ für jeden der vier Gewinner bedeutete. Ich wollte Ihnen an dieser Stelle ganz herzlich zum Gewinn gratulieren und Sie darum bitten, sich mit Ihrer Lottoannahmestelle in Verbindung zu setzen, damit wir eine standesgemäße Gewinnübergabe planen können."

„Was heißt in diesem Zusammenhang 'standesgemäß'?", wollte Horacio wissen.
„Naja, wenn Sie nichts dagegen haben, würden wir eine Flasche Champagner bestellen und Ihnen bzw. Ihrer Partnerin,

soweit vorhanden, einen Blumenstrauß überreichen wollen.

Horacio wusste in dem Moment nicht, was er sagen sollte. Er stand nie gerne im Mittelpunkt und ging solchen Feierlichkeiten gerne aus dem Weg. Aber die Frau der Lottogesellschaft war so gut in ihren Überredungskünsten, dass Horacio nach einigem Hin und Her schließlich doch zusagte. Er sagte zu, am nächsten Morgen, gleich bei der Annahmestelle vorstellig zu werden und den Termin zu vereinbaren.

„OK, dann wie gesagt nochmal meinen allerherzlichsten Glückwunsch und dass Sie eine gute Verwendung für das Geld finden werden." Mit diesen Worten legte die Dame auf.

Horacio wusste gerade nicht, ob er das Ganze nur geträumt hatte. Er hatte noch nie etwas Großes gewonnen und diese Summe schien ihm irgendwo irreal, er hatte in seinem Leben niemals auch nur annähernd so viel Geld besessen, noch nicht mal ein Zehntel davon.

Horacio schien langsam das mulmige Gefühl im Magen überwunden zu haben und setzte an zu einem Jubellauf durch seine viel zu kleine Wohnung.

Er konnte es nicht abwarten und rief sofort Anna an: „Rate mal, was mir gerade passiert ist?"

Anna hatte Horacio noch nie so aufgeregt erlebt. „Keine Ahnung, nun sag schon.", drängte Anna.

„Ich habe gerade den Sponsor für die OP von Papa gefunden: die Lottogesellschaft."

Anna verstand gar nichts. Seit wann durften Lottogesellschaften so viel Geld verwenden, um als Sponsor aufzutreten?

„Anna, jetzt überleg mal ganz scharf! Was kann es nur sein, wenn ich von Lottogesellschaft rede."

„Keine Ahnung. Lottogewinn scheidet aus, da Du ja nie spielst."

„1:0 für Dich", sagte Horacio.

„Aber dieser Hurrikan hatte seinerzeit ein Los vor meine Füße befördert."

Anna konnte es noch immer nicht glauben: „Und das Los hat gewonnen?"

„Richtig!!!", jubelte Horacio.

„Das müssen wir feiern", sagte Anna. „Nimm Dir für morgen Urlaub, die Nacht wird heute länger werden, ich komme bei Dir vorbei und bringe den Sekt mit."

Aber noch, bevor Anna bei ihm ankam, musste Horacio einen genauso wichtigen Anruf tätigen, nämlich mit seinem Bruder.

Horacio sagte nur: „Jetzt kann Papa operiert werden und alles wird gut." Sein Bruder wollte gerne noch viel länger mit Horacio reden, aber er konnte es ebenso wenig abwarten, die Nachricht seinen Eltern mitzuteilen, was er darauf hin auch sofort tat.

Horacio's Vater standen die Tränen in den Augen, er hatte die Hoffnung schon aufgeben wollen, als er von der notwendigen Summe gehört hatte, aber nun war das Wunder wahr geworden. „Allmächtiger, ich DANKE Dir!", richtete er seinen Dank gen Himmel.

Horacio und Anna feierten die ganze Nacht. Horacio war diesmal absolut egal, ob seine Nachbarn sich beschwerten.

Anna fragte ihn: „Was willst Du eigentlich mit dem Geld anstellen, ich meine von dem Rest abzüglich der OP-Kosten?"

Horacio hatte sich wirklich noch keine Gedanken gemacht, die OP war das Wichtigste und alles andere war nur Zugabe: „Hmm, ich weiß ja nicht genau, was Wohnungen in New York wirklich kosten, aber es wäre ein Gedanke wert: eine Wohnung für uns Beide und vielleicht noch 1-2 Kinderzimmern."

Es war das erste Mal, dass Horacio das Thema Kinder irgendwie angeschnitten hatte. Anna freute sich darüber sehr, denn sie hegte auch seit vielen Jahren einen Kinderwunsch.

Horacio fühlte sich wie auf Wolke 7. In diesem Moment konnte nichts ihm etwas anhaben. ‚Könnte er diesen Moment nur festhalten', dachte er bei sich.

Irgendwann schliefen sie dann Arm in Arm liegend ein.

Am nächsten Morgen waren Beide wie erschlagen, der Champagner hatte seine Wirkung nicht verfehlt. Aber es hielt sie dennoch nicht davon ab, nach einem ausgiebigen Frühstück der Lottoannahmestelle um die Ecke einen Besuch abzustatten und den Termin für die feierliche Scheckübergabe auszumachen.

Der Mann in der Annahmestelle erinnerte sich noch haargenau daran, wie Horacio mit diesem fast unleserlichen Los reingeplatzt sei.

Sie vereinbarten das Event für den übernächsten Tag.

Horacio hatte sich vorsichtshalber eh die ganze Woche Urlaub genommen. Daran sollte eine Übergabe jedenfalls nicht scheitern.

Horacio fragte nur ganz verstohlen: „Gibt es für sowas eigentlich einen Dress-Code?"

Der Herr erwiderte: „Natürlich nicht, sie können das Anziehen, worin sie sich wohlfühlen. Aber natürlich auch einen Anzug, falls sie das vorziehen wollen."

Horacio fing heftig an, den Kopf zu schütteln und alle mussten lachen.

Horacio konnte in den nächsten beiden Nächten kaum schlafen. Wie würde er sich fühlen mit dem Scheck in der Hand. Benötigte er nun einen Bodyguard. Ganz komische Gedanken kamen ihm.

Er war froh, als der Zeitpunkt gekommen war, den Scheck überreicht zu bekommen.

Horacio und Anna waren viel zu früh, so früh, dass die Annahmestelle noch gar nicht geöffnet hatte.

Dann kam der Vorsitzende der Lottogesellschaft vorgefahren, standesgemäß mit einem Chauffeur.

Er ging schnurstracks auf Horacio zu, ohne dass er ihn vorher schon mal persönlich gesehen hatte, aber er wusste, wie Gewinner schauen, und schüttelte ihm so feste die Hand, dass es Horacio einige Schmerzen bereitete. Bei Anna nahm er mehr Rücksicht mit dem Händeschütteln.

Dann war auch der Leiter der Annahmestelle da und öffnete die Türe. Seine Frau kam mit einem riesigen Blumenstrauß hinterher.

Als Horacio gefragt wurde, was er denn mit dem Riesengewinn machen würde, erzählte er die Geschichte von seinem Vater und alle waren sehr berührt.

„Dann hat das Los mal wieder den Richtigen getroffen. Ich wünsche Ihnen und Ihrem Vater das Allerbeste!". Darauf stießen alle mit einem wahrhaft edlen Tropfen an, auch wenn er für Horacios Geschmack ein wenig zu trocken war, aber das wäre das Letzte, worüber er sich jetzt beschweren würde.

Dann traten Horacio und Anna, ein wenig beschwipst, den Rückweg an. Da seine Bank genau in der Mitte zwischen Lottoannahmestelle und seiner Wohnung lag, löste er den Scheck sofort ein. Gleichzeitig transferierte er den Betrag von 150.000 US-$ auf das Konto seiner Eltern.

Die Bankangestellte bekam ganz große Augen, als sie den Scheck sah.

„Wird wohl eine Ausnahme gewesen sein", entfuhr es Horacio und er ergänzte mit einem nicht ganz ernst gemeintem Trauergesicht: „Leider!"

Die Vorbereitungen für die Operation seines Vaters liefen derweilen schon auf

Hochtouren. Horacio's Mutter war schon dabei, die Koffer zu packen für sie beide, denn sie wollte auf jeden Fall ihrem Mann beiseite stehen.

Sie hatten sich extra eine Spezialklinik in New York ausgesucht, sodass Horacio und Anna ebenfalls seelischen Beistand leisten konnten.

Horacio's Vater, Ignacio, war noch nie geflogen und hatte etwas Bammel vor der großen Reise. Aber er empfand sie als so wunderbar, das hätte er nie gedacht: Der Start, wie die Turbinen ihre Kraft entfalteten und der Flieger sanft in die Höhe stieg, dann das Durchkreuzen der Wolken und später, über den Wolken und mit dem Gefühl, der Sonne ganz nah zu sein.

Die Ankunft ist New York war wie ein kleines Familientreffen. Horacio wartete mit Anna am Flughafen bereits auf Horacio's Eltern. Sie fuhren dann zusammen mit einem Taxi zur Klinik „Mount Sinai", die im Westen von

Manhattan lag und auf Krebserkrankungen und deren Behandlung spezialisiert war.

Ignacio bekam ein schönes, helles Einzelzimmer. Man sagte ihm, dass man in den ersten drei Tagen die nötigen Untersuchungen durchführen würde. Ignacio war sehr zuversichtlich. Er hatte ein unerschütterliches Bild der USA von Fortschritt und Führerschaft auf den meisten Gebieten, auch in der Medizin. Horacio war fast nervöser als sein Vater. Aber sein Optimismus färbte auch auf Horacio und Anna ab.

Horacio hatte sich auch die ganze Woche frei genommen. Er wollte seinen Vater, so gut es ging, unterstützen. Und er wollte auch seine Mutter entlasten, die auch Zeit für sich haben sollte und nicht rund um die Uhr am Krankenbett weilen sollte.

Sie wohnte in einem nahegelegenen, sehr einfachen Hotel. Horacio war fast wütend, warum sie sich solch ein runtergekommenes Hotel ausgesucht hatte. „Junge, Du weißt doch, ich habe keine großen Ansprüche. Wenn es meiner Familie gutgeht, dann ist mir das das Wichtigste,"

Die Untersuchungen gingen gut voran. Die Ärzte sagten, dass der Krebs noch nicht gestreut hatte, was die Heilungschancen massiv erhöhte.

Dann war der Tag der OP gekommen. In aller Frühe kam der Anästhesist in Ignacio's Zimmer und spritze ihm eine halbe Spritze einer hochwirksamen Flüssigkeit, die sehr schnell zur Vollnarkose führen würde. Ignacio war der erste OP-Patient des Tages. Die Ärzte kalkulieren die Dauer der Operation auf 2,5 Stunden.

Horacio und Anna hatten in aller Frühe die Bahn genommen, um Ignacio noch viel Glück zu wünschen und seine Hand zu drücken.

Sie hatten sich vorgenommen, mit Horacios's Mutter Gisele ein gemeinsames Frühstück in einem guten Restaurant in der Nähe zu nehmen, bei dem ein reichhaltiges Frühstücksbuffet angeboten wurde.

Anschließend machen Sie noch einen ausgedehnten Spaziergang, um dann gegen 10 Uhr zur Klinik zurückzukehren. Horacio konnte seine Nervosität nicht verhehlen, sodass Anna seine Hand ein wenig fester drückte, um ihm zu zeigen, dass sie an seiner Seite stand.

Sie fanden sich im Flur ein, an dessen Ende der Operationssaal war. Ganz gebannt starrte Horacio auf die Türe und hoffe, dass der Oberarzt mit einem gelösten und glücklichen Gesicht den OP-Saal verlassen würde und Ihnen die freudige Nachricht zu überbringen, auf die sie alle sehnlichst warteten.

Aber auch nach 3 Stunden kam noch niemand aus dem OP-Saal. Horacio hielt jetzt nichts mehr auf seinem Stuhl, er fing an, den Gang rauf- und runterzugehen, worauf sich Gisele beschwerte, dass seine Nervosität sich auf sie übertrug.

Dann, nach sage und schreibe vier Stunden OP, trat der Oberarzt mit seinen Helfern auf den Flur. Er sah sehr erschöpft aus, strahlte aber übers ganze Gesicht und richtete seine Worte an die Familie: „Liebe Familie Jiminez, das Warten hat sich für sie absolut gelohnt, wir konnten alle Metastasen entfernen und die Wahrscheinlichkeit einer vollkommenen Gesundung des Patienten ist sehr sehr hoch. Er wird nun noch 2 Wochen hier bleiben, aber Weihnachten können Sie dann wieder alle zusammen feiern"

Und einer nach dem anderen umarmte den Oberarzt. Horacio wollte ihn eigentlich gar nicht mehr loslassen, so erfüllt war er von Dankbarkeit für das, was er geleistet hatte.

Und als Horacio dann zurückdachte, dass er dieses Glück einem verlorenen Lottoschein zu verdanken hatte, da war ihm klar: „Das Glück liegt wirklich auf der Strasse!"

Und alles, was jetzt noch kommen würde und da dachte er insbesondere an Anna und ihre gemeinsamen Zukunftspläne, war jetzt nur noch Zugabe! Und er wußte auch: Die Gesundheit war unbezahlbar. Leider, so dachte er bei sich, war man sich dessen viel zu selten bewußt.

Und eines hatte der Gewinn noch bewirkt: Horacio hatte tatsächlich angefangen, Lotto zu spielen.

Anhang

Die wahre Geschichte

Straßenkehrer findet Millionenlos

New York - Ein Straßenfeger in New York hat beim Aufräumen nach dem Supersturm „Sandy" ein Los gefunden - und eine Million Dollar gewonnen.

Das Geld wurde dem 27-jährigen Mann jetzt zugesprochen, nachdem ein Jahr lang kein anderer Anspruch auf das Gewinnerlos erhoben habe, meldete die „New York Post" am Sonntag. Nach den Abzügen für Steuer und Ähnliches bleiben dem Mann noch knapp 516 000 Dollar (über 375 000 Euro).

„Mein Kollege hat mit dem Laubbläser die Blätter zusammengekehrt und ich habe es abtransportiert. Da sah ich plötzlich das Los", sagte Marvin Martinez der „Post". „Ich habe mir noch überlegt, ob ich es überhaupt aufheben soll." Er trocknete den nassen, kaum zu lesenden Schein unter einer Lampe und brachte ihn zur Annahmestelle, doch die hatte nach dem Sturm keinen Strom und konnte das Los nicht prüfen. „Die haben mir eine Menge Fragen gestellt und gesagt, sie würden es prüfen. Und dann habe ich es vergessen."

Erst ein Jahr später rief die Lotterie an und verkündete dem verblüfften Martinez seinen Gewinn. Der 27-Jährige war vor sechs Jahren aus El Salvador in die USA gekommen und hatte vor einem Monat geheiratet – nichts von seinem

Gewinn ahnend. Seine Frau Miriam Benitez, die bei einem Sandwich-Shop arbeitet, ist völlig aus dem Häuschen: "Ich kann es nicht glauben, ich kann es nicht glauben." Sie sei unter Schock, berichtet Martinez weiter.

Der 27-Jährige wählte bei dem Gewinn die Einmalzahlung aus und erhielt 779.106 Dollar, nach Steuern sind das 515.612 Dollar. Ändern soll der Gewinn aber nichts: "Ich werde auch weiter sechs Tage die Woche arbeiten gehen."

Martinez, der vor sechs Jahren aus El Salvador nach Amerika kam, plant, Geld nach Hause zu senden, sich und seiner Frau ein Haus zu kaufen und seiner Mutter dabei zu helfen, die Reparaturen nach den "Sandy"-Schäden zu bezahlen.